炭酸ボーイ

吉村智

角川文庫
22627

1

飛行機のドアが開くと、むわっとした空気が流れこんできた。

どこからか花の香りも漂ってくる。

ボーディングブリッジを歩きはじめると、窓の向こうにブーゲンビリアが咲きみだれているのが見えた。

光が強い。影が濃い。

空港の吹き流しが、凛《りん》として、南の風をはらんでいる。

十年ぶりの宮古島《みやこじま》だ。

水神涼太《みずがみりょうた》の胸は、おもわず高鳴った。

長袖《ながそで》Tシャツは、すでにじんわりと汗ばみはじめている。

到着ロビーから外に出ると、湿り気をおびた十月の風が吹きぬけていった。

——この風だ……。

知らずしらず頬がゆるんだ。

東京の小さな事務所でライターの仕事をしている水神涼太は、少なくとも月に一度、

4

取材で東京を離れる。

いくらスケジュールがハードで肉体的に厳しくても、取材旅行は好きだ。

三十代半ばになってもまだ世間にうとい涼太には、旅は世の中を知るいい機会だった。東京以外の空気を吸うことも大きな気分転換になる。

昨夜も雑誌連載の〆切《しめき》りで、午前三時まで原稿を書いていた。

一睡もせず羽田《はねだ》に行き、午前六時四〇分発の直行便に乗りこみ、機内で爆睡。着陸まぢかのアナウンスで、やっと目がさめた。

飛行機の窓から海が見えた。

白波の立つリーフの内側がエメラルドグリーン、外側は吸いこまれそうなコバルトブルーだ。

見つめているだけで胸がすくような気分になった。

シートポケットからペットボトルを取り出し、ソーダ水をひとくち飲んだ。

炭酸がプチプチはねながら喉《のど》を通っていく。

その感覚がなんともいえず心地よかった。

こんどの仕事は、航空会社の発行する会員誌の「泡盛《あわもり》特集」だ。

宮古島と伊良部島《いらぶじま》のすべての酒造所をまわって、その歴史や製造工程、飲み方や食べものとの相性など、酒文化を記事にするというものである。

数年前に宮古島と伊良部島は日本一長い無料の橋といわれる伊良部大橋でつながり、それ以来どちらの島も観光客が飛躍的にふえている。中国や台湾、韓国などからもクルーズ船や飛行機のチャーター便でたくさん観光客がやってくるそうだ。

航空会社としては、お客さんが右肩上がりにふえている現在《いま》が、キャンペーンをうつ絶好のタイミングということだろう。

編集部からは、従来のありきたりの泡盛記事から一歩抜きんでたものを、と強く要望され、やる気まんまんで島にやってきた。

涼太は、真田《さなだ》事務所という小さなコンテンツ制作会社に所属している。

所長は真田秋幸《あきゆき》。

一九八〇年代から九〇年代にかけて、日本の広告がいちばん元気だったころ、コピーライターとして一世を風靡《ふうび》した男である。

真田と涼太、それに女性コピーライターの金城梨花《きんじょうりか》の三人が事務所のメンバーだ。

真田と梨花のふたりが広告の仕事をし、涼太は編集ライティングを担当している。

涼太の守備範囲は広く、一般の雑誌や機内誌、PR誌、ネットの仕事をはじめ、企業の社史や広告タイアップ、芸能人の書く小説のゴーストライターなど、ありとあらゆる種類の文章を書いている。

もともとは食品飲料メーカー大手・イズミ食品の宣伝広報部でコピーライターとして働いていたが、退職して真田事務所に勤めるようになった。

涼太自身がコピーライターとしての限界を感じたこともあったが、なにより憧《あこが》れの真田秋幸から「きみの文章は広告より編集向きだな。うちは編集企画もやってるから、こっちで真剣に書いてみないか」と誘われたことが大きかった。

学生時代は、ジャーナリストになりたかった。

就職試験では大手新聞社や地方新聞社も受けたが、ことごとく落ちてしまい、ならば文字数の少ない文章を書くほうが楽かもしれないと、コピーライターを目ざして広告代理店や制作会社を受けた。だが、こちらもすべてダメだった。

結局、メーカーの宣伝部なら何とかなるんじゃないか、と入社試験を受けて通ったのがイズミ食品だった。

制作課に配属され、入社七年目にコピーライター新人賞をとり、なんとか一人前として認められるようになった。

しかし、受賞後はなかなか思うように芽が出ず、去年の春、真田事務所に入り、編集ライターへ転向。ときにカメラマンも兼ねながら、目が回るほど忙しく働いて、ようやく仕事に慣れつつあるところだ。

＊　＊　＊

レンタカーを借りて運転席にすわると、涼太はアルコールジェルをティッシュにつけて車のハンドルをていねいにぬぐった。

子どもの頃から少し神経質だったが、最近はその度合いがひどくなっている。

家を出るときに鍵《かぎ》がしまったかどうか何度も確認したり、ガスの元栓をしめたかどうか気になって再び家に戻ったり、階段を上りながらその数が気になってカウントしはじめて止まらなくなったり、電車の釣り革が握れなかったり……自分でもやめようと思うのだが、なかなかやめられない。むしろ、やめようと思えば思うほど、逆に気がかりがふえてしまうのだ。

他人の目があるところなら、なんとか不安を抑えこめるが、一人きりになって気にしはじめると、どうにも止まらなくなってしまう。

レンタカーの場合、誰がこのハンドルを握ったかわからない。トイレに行っても手を洗わなかったり、鼻くそをほじった手で握ったのかもしれない。早くきれいにしなければと居ても立ってもいられなくなる。

だから、すぐさまアルコールジェルを取りだし、気になる部分を消毒する。

以前は旅先でそれほど神経質にならなかったが、最近はいったん不安になると、それがどんどん亢進《こうしん》してしまうのだ。

涼太はエンジンをかけると、島の南部にある湧川《ワクガー》酒造という泡盛蒸留所に向かった。

イズミ食品時代はレトルト・カレーやミネラルウォーターなど会社のメイン商品以外にも、スコッチやバーボンのクリエイティブを担当した。酒好きだったこともあり、蒸留酒《スピリッツ》の世界にどっぷりはまり、ついには泡盛マイスターの資格までとってしまった。

そんなマイスターの感覚からみても、湧川酒造の泡盛はさらりとしながらもコクのある、通にもビギナーにも受ける飲みあきない味だった。

以前からこの湧川酒造を訪ねてみたいと思っていた。ようやくそれが実現することになり、サトウキビ畑のなかを心おどらせながら車を走らせた。

緑ゆたかな敷地のなかにある酒造所に着くと、長年はたらく杜氏《とうじ》が泡盛の製造プロセスを順を追って案内してくれた。涼太はICレコーダーを回しながら、たくさんの写真を撮った。

最後に杜氏は、仕込み水に使っている井戸を見せてくれた。

驚いたのは、井戸の前が祈りのスペースになっていることだった。

「みなさん、井戸を拝まれるんですか？」

と訊《き》くと、

「毎朝、社員みんなで手を合わせるさね。井戸には神さまがいらっしゃるわけさ。この水のおかげで、うちの酒が評判になったわけだから」

杜氏がにっこりして、続けた。

「うちは湧川って名前だけど、宮古に『川』はないさ」

「でも、名前に川って文字が入ってますよね？」

「沖縄じゃあ、井戸のことをカーって言うんだよ」

「川というのは、当て字だったんですか」

杜氏はうなずいた。

「島の水はみんな地下水か湧き水だよ」

「……ほかの泡盛メーカーも井戸水で酒を造ってるんですか？」

「そうさぁ」

杜氏はひと呼吸おいて口を開いた。

「宮古島はサンゴでできた島だからよー。サンゴ礁が海から盛りあがって生まれた、ぺったんこな島さ。山がないさね。いちばん高い所でも百メートルちょっとだよ」

「山がないから、川がない……」

「そういうことさぁ。昔から、自分らは井戸掘ったり、地下の洞窟《どうくつ》に水くみにいったりしていたんだ。それが暮らしの水だったよ」

「地下の洞窟？」

「鍾乳洞《しょうにゅうどう》みたいになっているわけさ。サンゴは石灰質だからよ。こっちじゃ、ウリガーって言うさ」

「ウリガー？」

「下《う》りていく井戸《カー》。長い階段を下りていって、水をくむのさ。もっとも階段といっても、集落《シマ》のみんなで一所懸命、石灰岩を削って作った階段だよ。昔は毎日の水くみは女性や子どもの仕事でね。この近くのカーも、上水道が通る五十年前まで、ずーっと使われていたよ。自分も水くみをやったけど、そりゃあたいへんな仕事だった。井戸の水は、たいせつな生命の水なわけさ」

涼太は、ふと疑問に思った。

沖縄のビーチは細かく砕かれたサンゴでできている。いままで何度もサンゴの砂を見てきたが、白くなったサンゴはまるでスカスカの骨のようだ。こんな土じゃ、水はたまらないんじゃないか。

「サンゴからできた土って、スポンジみたいに雨水を通しやすいんじゃないですか？」

杜氏は、いい質問だというふうに指を一本立てた。

「じつは、石灰岩の下は、水を通しにくい泥岩の地層になっているさね」

泥岩のおかげで地下水を貯《たくわ》えられるのだという。

それとね、と杜氏は続けた。

「石灰岩を通ってきた水だからよー。ミネラルいっぱいの硬い水になるわけさ。この水が泡盛の仕込みに、とってもいい。まろやかだけど、芯《しん》のしっかりした酒になる。水がお酒の骨になるわけさ。お酒も人間も骨がちゃんとしてないと、いいもんにはならんさぁ」

その後、数日かけて、宮古島の街なかや伊良部島の酒造所をめぐって取材をつづけた。六つの酒造所はそれぞれ特徴ある酒造りをしていて、とても勉強になった。泡盛造りへの情熱もひしひしと伝わってきた。

杜氏たちの泡盛への思いを素直につづるだけでも、きっといい記事になるだろう。

ただ、ひとつ気がかりなことがあった。

取材していない酒造所が一ヵ所あるのだ。

つい最近まで稼働していたが、事前の調べで、げんざい休業中とあった仲間《なかま》酒造である。

新聞や専門誌、インターネットなどいろんな記事を検索したが、なぜ休業しているのか、まったくわからない。

三名の従業員で、酒造所を営んでいるというところにも心の針が振れていた。

しかも、宮古島の最北端・青崎《あおさき》という集落にあるというのも、心ひかれた。

涼太は、はしっこが好きだった。

いろんな土地に旅すると、かならず岬や離れ島を訪ねた。上司の真田からは、「文化というのは、はしっこに宿るんだ」とつねづね言われていた。

仲間酒造の酒はせいぜい島のなかで流通する程度の生産量だ。沖縄本島で見かけることも、まず、ない。

お酒の専門誌の記事では「甕《かめ》で貯蔵した古酒《クース》は得《え》も言われぬ、天にものぼるような味わい」と書いてあった。

一杯だけでいいから、その酒を飲んでみたい。

思い悩んでいるより、まずは行ってみよう。小さな島だ。市街地から往復したって、時間的にもたかが知れている。

電話には出てくれなかったが、訪ねてみたら、蔵の中だけでも見せてもらえるかもしれない。

涼太はカーナビに仲間酒造の住所を打ちこむと、アルコールジェルで手をぬぐい、ゆっくりとアクセルを踏みこんだ。

2

市街地の平良《ひらら》から島の北端、西平安名崎《にしへんなざき》方向に十分ほど車を走らせると、とつぜん家並みが消えて、左手にソーダ水のような色をした海が見えてきた。

小さな湾のようだ。

陽光にきらめく海は遠浅で、波もほとんど立っていない。

空には綿雲《わたぐも》がところどころ浮かんでいる。

これから訪ねる酒造所はあくまでオプション取材だ。とつぜん訪ねていっても、会ってもらえるかどうかわからない。それでもいい。記事にするための取材はじゅうぶん終えていた。

道が海から少し離れると、左右にみどりのサトウキビ畑がひろがった。

風に揺れるサトウキビは、リーフに砕ける白波のような音をたてている。

島の北端へ向かう一本道をしばらく行き、そろそろ青崎集落にかかるころ、右手になにやら巨大な黒い墓石のようなものが見えてきた。石の真ん中に「水」という漢字が一文字、白く大きく彫り込んである。

　東京を発《た》つまえに、宮古島は神の島だと、沖縄生まれの先輩コピーライター・金城梨花から何度も聞かされてきた。

「入っちゃいけないとこ、いっぱいあるからね。そういうとこには絶対に入っちゃダメだよ。涼太クンはおっちょこちょいだから、ほんと心配だわ。女性しか入れない場所もあるからね。ちょっとでも何か気になったら、とにかく手を合わせなさい」

　眉間《みけん》に皺《しわ》をよせ真面目な声音《こわね》になって、母親みたいにことこまかに注意をうながした梨花の顔がおもわず浮かんでくる。

　――拝んでおかないと、いけないかな？

　ひといちばい怖がりの涼太は、祟《たた》りがあっては困ると、おもわずブレーキを踏んだ。

　最近の墓石には、「愛」や「空」「永遠」という文字が書かれているものがある。しかし「水」ははじめてだ。

　黒い墓石の周りには、黄色いカンナや桜草が咲き乱れている。近づくと、「水」という字の下に何か説明文が彫ってあった。

　――石碑か……。

　ちょっとホッとした。

　風がやむと、クマゼミがシャンシャンと大きく鳴きだし、一気に汗が噴き出してくる。

ぎらつく太陽の下、ハンカチで汗をぬぐいながら、説明文をていねいに読んだ。

青崎の村は、水の探索からはじまったとされている。宮古島の北端に位置する青崎地区は水の量が少なく、生活用水や飲料水にも事欠き、干ばつのたびに農作物の被害をうけ、永年にわたり塗炭の苦しみをあじわってきた。

湧川酒造の杜氏が、「島には川がなくてウリガーで水をくんでいた」と言っていたが、このあたりも同じような経験をしてきたのだろう。

石碑に向かって頭《こうべ》をたれて黙禱《もくとう》した。

顔を上げると、石碑の向こう、こんもりと繁った樹木に守られるようにして、大きな井戸が見えた。石垣で周りをかこわれ、二十人ほどが集える広場になっている。

井戸の左手奥の方には、石でできたアーチのようなものが見えた。小さな凱旋門《がいせんもん》のようだ。

大昔につくられた、集落の入り口なのかもしれない。

宮古島に来る前に読んだ資料には、青崎地区は島で最も歴史の古い土地で、ヨーロッパの都市が石の壁でかこまれていたように石垣で集落が仕切られていた、と書かれていた。

石垣で村と外部を区切るなんて、本土やほかの沖縄の村ではなかなか見られないことだ。

アーチの向こうは亜熱帯の樹々が住まいを取りかこみ、みどりがよりいっそう濃くなっていた。道はゆるやかに上り、小高い丘の森にまで続いている。

澄みきった青空を、シラサギがゆったりと飛んでいく。

しんと厳《おごそ》かな空気が、見上げる森からこの村に流れてくるようだ。

幼いころ、母の胸に抱かれたときの眠くなるようなあの安心感を、ふとおぼえた。

＊　＊　＊

石のアーチをくぐると、心なしか、ひんやりした。

日に照らされて白っぽくなった道は大きく左にカーブし、フクギ並木が濃いみどりの影を道の上に投げかけている。

しばらく行くと、右手にコンクリート・ブロックでできた目的の平屋があった。

沖縄でよく見かける、台風に耐えられるように作られた、直方体のがっしりした建物だ。外壁は厳しい風雨にさらされ白茶けている。建てられてから、かなりの年月が経っているのだろう。

正面にはライトグリーンに塗られた大きな金属製の引き戸があった。

黒い文字で「仲間酒造」と書かれている。

メイン商品だと思われる「宮古泉《みやこいずみ》」という泡盛のロゴマークがピンク、そのロゴをかこむ龍《りゅう》と波の絵はブルーに描かれていた。

引き戸をノックする。

まったく応答がない。

力を込めて戸を動かそうとしても、微動だにしない。

建物の側面をのぞきこむ。

芭蕉《ばしょう》の生い茂った空き地に、洗濯物が風に揺れている。ひとが住んでいるのは確かなようだ。

建物の裏手にまわりこむ。

さっきの引き戸よりかなり小さなダークグリーンのドアがあった。こちらはオーナーの住居用の玄関かもしれない。

「ごめんくださあい」

声をかけたが、返事はない。

最初は弱く、徐々に強く、ドアをノックした。

静かな午後の村に、その音が意外と大きく響く。

近くを歩いていた猫がはたと止まって、尻尾《しっぽ》をおろし、こちらを振りかえった。

ちょっと無礼かなとも思ったが、住んでいる人は耳が遠いのかもしれない。すこしくらい大きい音のほうが気づきやすいだろう。自分に言いわけして、再びノックした。

ときおり鬱蒼《うっそう》とした樹々の中から小鳥のさえずりが聞こえてくる。

しばらく風に吹かれて立っていると、不意にドアの向こうからペタペタとゴム草履《ぞうり》の音が近づいてきた。

「なんですかあ」

のほほんとした声が聞こえてくる。

きしんだ音をたててドアが開き、男が顔をのぞかせた。

髪はボサボサで無精髭《ぶしょうひげ》も伸びているが、背すじはしゃんとしている。

小柄で華奢《きゃしゃ》なからだつき。グレーのTシャツと穿《は》き古したジーンズ。膝《ひざ》には穴があいている。グランジファッションだろうか。ちょっと微妙なところだ。

見た目は、おおよそ五十代半ば。端整な顔つきは昭和の時代劇の若様みたい。ようするに昔の二枚目だ。若いころは、さぞ女子にモテただろう。髪やひげには白いものも混じっているが、目には並々ならぬ力がある。男の色気はまったく失われていない。

「なんか、うちに用なん？」

渋いバリトンで訊《き》いてきた。

やさしいまなざしだ。声もとんがっていない。

涼太はとつぜん訪ねた非礼をわび、用件を手短にはなした。

男は恐縮した顔になり、

「じつは、去年、杜氏《とうじ》が亡くなってねえ。ほんで……酒造りがでけへんようになってしもたんよ……。わざわざ遠いとこから来てくれはったのに、ほんま申しわけないねえ」

ちょっとうつむいて、こたえた。

大阪生まれの涼太は、同じ関西のにおいを感じた。きっと島に移住してきた人なんだろう。

「仲間さんは――」と涼太は口をひらいた。オーナーの名前は仲間秋男《あきお》という。それは事前に調べてあった。

「酒造り、されないんですか？」

涼太の問いに、仲間は恥ずかしそうにうなずいた。

「なかなかむずかしくてね。杜氏の下でちょっと修業したんやけど、ぼくには才能がないみたい。ものにならんのや」

「じゃあ、いまはまったく……？」

「そうやねん。しばらく休業中。ま、蔵の中で、甕《かめ》に入れた古酒《クース》が眠ってるくらいや。そやから取材はちょっとむりやわ。せっかく来てくれたのに、ほんま、ごめんな」

そう言って、何度も頭をさげた。

涼太は、いえいえと目の前で手をふりながらも、仲間のひとがらに好感をもった。

「……新しい杜氏を見つけようと思てんねんけど、なかなかおれへん。いやはや、困ったもんや」

仲間は自分でもちょっと愚痴っぽくなったと思ったのか、そうや、と指をパチンと鳴らした。

「酒をつくってるとこ見せられへんかわり、ええもん見せたげるわ。ちょっと外に出よか」

涼太に向かって笑顔をつくり、こっちや、こっちやで、と顎《あご》をしゃくった。

＊　＊　＊

仲間秋男は、酒造所の敷地の片隅に涼太を案内した。

二抱えはありそうなフクギの下に、大きなつるべ井戸があった。その周りでオオタニワタリが明るいみどりに萌《も》え立っている。

「うちは二つの井戸水から酒を仕込んでるんやけど、この井戸、ちょっと前からおもろいことになってるねん」

「おもろい……？」

涼太はけげんな顔をした。

仲間は井戸の蓋《ふた》をあけて、つるべでするすると水をくみ上げた。

つるべを上げるにつれて、プチプチという音が聞こえてくる。引き上げられたつるべのなかをのぞくと、小さな気泡が桶《おけ》の底や側面に魚の卵のようにびっしりと付いていた。

仲間はその水を井戸のそばに置いてあったステンレスのマグカップに注いだ。

マグカップの中にサワサワときめ細かい泡が立つ。波が砂浜から引いていくときのような音がしている。

「これって……」

おもわず目を見開いた。

仲間は、いいから飲んでみて、と目で合図する。

涼太はカップを口もとに持っていき、はじめは、ワインをテイスティングするときのように、香りをかいだり、カップの中の水をまわしたりした。

それから水を口にふくむと、舌の上で液体をころがし、やがてゴクゴクと一気に飲みほした。

「どうや？」

仲間が目尻《めじり》に皺《しわ》をよせて、訊いてくる。

「炭酸水……」

仲間は自信たっぷりの顔になり、黙ってうなずいた。

「自然に湧き出した炭酸水なんて、あんまりないですよね？」

「そうやねぇ……ぼくの知ってるかぎり、奥会津《おくあいづ》とか山形の肘折《ひじおり》温泉、九州の九重《くじゅう》連山の麓《ふもと》とか七、八カ所やろか。ヨーロッパやったら、ペリエとかサンペレグリーノとか、たくさんあるんやけどな」

涼太は、かつて勤めていたイズミ食品がミネラルウォーターを扱っていたので、それなりに「水」について勉強したことがあった。

たしかペリエもサンペレグリーノも、湧きだした水をそのまま無添加無濾過《ろか》でボトリングしていたはずだ。

「この炭酸水、いつから湧きだしたんですか？」

「たしか、杜氏さんの四十九日の頃やった」

「……とつぜん炭酸水が湧きだすことってあるんですね」

「学生時代の友だちに地学の専門家がおるんやけど、かれに訊いてみたら、海底火山の動きとかも関係してるらしい。でも、地球の奥深くで、いつ何がどんなふうに起きるかなんて誰にもようわからんて言うてた。ぼくもたしかにそう思うよ。だいたい地震かて、予知なんかでけへんし」

「この水、いま、どうされてるんですか？」

「村の人にえらい評判ええねん。とくにオジイやオバアが『甘くないサイダーや』言うて、めっちゃ気に入ってくれてね。ちょくちょく、ここまで水くみにくるねん」

「評判いいんですね」

「お通じが良うなったり、血糖値下がったりね。血行ようなった人もおる。あんまり肩こりせんようになった、て言うてくれるよ。ほんまかどうか知らんけどね。若い女の子は、肌がみずみずしくなった、言うてたなあ。ほら、そこに石碑があったやろ？　この村のひとは、みんな水に敏感なんや」

仲間はまんざらでもない顔をした。

＊　＊　＊

「なんか、きみとは気が合いそうやね」

そう言って、仲間は自宅のささやかな応接間に、涼太を招き入れた。

窓の向こうでは芭蕉《ばしょう》の大きな葉が揺れている。部屋全体にみどりの光が射し込んでいた。

窓にかかったカーテンはうす汚れていて、ところどころ糸がほつれている。

応接セットのテーブルに散らばった新聞と雑誌をかたづけ、バネのこわれたソファーに涼太を座らせると、仲間は冷蔵庫からボトルに入った炭酸水を取りだし、冷凍庫でキンキンにひやしてあったグラスにその炭酸水を注《そそ》いだ。

白い霜のおりたグラスの底から涼しげな音とともに繊細な気泡が立ち上がる。

グラスの霜がサーッとうすれていく。

「どうぞ」

涼太は、いただきますと言って遠慮せずにグラスを取りあげ、口にはこんだ。

炭酸水がプチプチはじけて舌にあたる。

口のなかいっぱいに、きめ細かく上品な泡が風のようにそよいでいく。心地よい刺激が、のどから食道へ滑らかにくだっていく。

青崎に来るときに頬を過ぎていったあの海風を思いおこした。

そういえば、心なしか微妙な塩気も感じる。

ふたくち目を飲む。

——これで辛口のシェリーを割ると、美味《うま》いだろうなあ……。

酒好きなので、反射的に酒とのコラボレーションを考えてしまう。

たぶん泡盛のソーダ割りにもばっちりだ。シークヮーサーをぎゅっとしぼると、完璧《かんぺき》なんじゃないか。

グラスをおいて、涼太は言った。

「冷やすと、よりいっそうおいしいです」

仲間はうれしそうにうなずく。

「この水、硬水ですか？」

「そうやねん。この島は石灰岩でできてるからね。ミネラル豊富な水になるんや。テネシー・ウイスキーのジャックダニエルとかスコッチのグレンモーレンジィも硬水仕込みや」

涼太は炭酸水がまだ半分くらい残ったボトルを見つめた。

「この島の泡盛と、ぜったい相性いいですよね」

「そら、そうや。硬水の酒には硬水がええ」

そう言って、仲間もボトルから自分のグラスに炭酸水を注ぐ。

その手もとを見つめながら、涼太がふたたびたずねた。

「炭酸水のボトリング、ここでやってるんですか？」

「たいした量やないけどね。村の人が飲むぶんくらいやな。水を直接くみにくる人もおるしね」

「これだけのおいしい水、もったいないですよ。天然炭酸水ってなかなかないですから。

売ることを考えられたら、いいんじゃないですか？」

おせっかいかと思いながらも、ついつい広告屋の観点から意見を言った。

「そうやなあ……泡盛を造られへんから、経済的にもちょっと具合わるいしなあ……」

頭をかきながら、肩を落とした。

＊　　＊　　＊

仲間秋男という男にひかれた涼太は、炭酸水を飲みながら根ほり葉ほりいろんなことを訊《き》いた。

まず、わかったのは、仲間が京都の山科《やましな》生まれということだった。

しかし、仲間という苗字《みょうじ》は宮古島のものだ……。

「ぼく、婿《むこ》養子なんよ。女房の父親がつくった酒造所を継いだんや」

そう言って、ぽつりぽつりと自分の身の上を語りはじめた。

地元・京都の大学で社会学を専攻したが、当時は七〇年代半ば。まだ大学紛争の残り火があり、構内はロックアウトされ、授業はほとんど行われなかった。教授ともほとんど接触はなかったという。

「興味本位で入った新聞放送研究会にはよう通ったよ。先輩から教えてもらった文献を読んでは、メンバーで議論する日々やった。もともと新聞記者になりたかったから、マスコミ関連の本を読むのはおもしろかったなあ」

政府や企業がマスコミをコントロールするために、いかに宣伝広報にカネと知恵とエネルギーをかけているかを学んだ。

「でも、本を読めば読むほど自己嫌悪におちいっていった。現場で働いたこともないくせに、頭だけがどんどん肥大していくように思えたんや。ひるがえって水産学科の同級生は若狭湾《わかさ》の漁師と一緒になって環境を守る運動をやっていた。自分は、マスコミ研究というても、現場を知らずに分析しているだけやないのかって」

一時は研究者への道を考えていたが、大学院へ進むのはやめた。

「世の中をからだで知って、それをみんなに伝えられればと思ってね。なんとか四国の新聞社に就職できたんや」

＊　＊　＊

炭酸水のグラスを取りあげ、ひとくち飲むと、仲間が口をひらいた。

「せやけど、現実はなかなか甘ないねん。結局、新聞社の幹部連中が地元の政治家や経済界とズブズブの関係やというのを記事にして、あっさり首になってしもてね」

「何年くらい新聞社に？」

「七年」

「で、その後は……」

「以前から住みたかった沖縄で仕事しようと思て、伝手《つて》を頼って那覇《なは》のラジオ局に転がりこんでね。五年前までディレクターをやっとったんよ」

「どんな番組を作ってたんですか？」

「音楽番組とか情報番組やね。おかげさまで、クライアントの泡盛メーカーの人と知り合いになって。ぼくもお酒が嫌いやないから、どんどん泡盛にはまっていったんよ」

「ぼくも泡盛が好きで、じつはマイスターの資格もとったんです」

「へえ。そりゃまた、うれしなあ」

仲間は顔を皺《しわ》くちゃにして笑った。

「まさか自分が泡盛造りに関わるようになるなんて、夢にも思えへんかった。たまたまラジオ局の後輩やった女房と結婚したら、彼女の父親がこの酒造所の創業者やってね。ぼくが仕事を引き継ぐことになったんや」

ところで、と涼太は切りだした。

「杜氏《とうじ》さんってなかなか見つからないんですか」

「そうやねん……」

涼太の座った位置からは、酒造所の真ん中に据えられたすすけた蒸留器も、仲間と同じようにうなだれて、背をまるめているように見える。

「酒の仕込み、一年以上できてへん」

ふーっと吐息をついた仲間は、眉《まゆ》を八の字にして天井を見上げた。

うす汚れた応接間の蛍光灯は妙な音をたてて点《つ》いたり消えたりしている。

「銭は足なくして走る、か……」

＊　＊　＊

「ただいまあ」

赤いハイビスカスのように元気のいい声が響いた。

「あ、お帰り」

仲間が背を伸ばしてこたえる。

「池間《いけま》のオバアから野菜いっぱいもらってきたよぅ。炭酸水と物々交換だって」

声が近づいてきて、いきなり応接室のドアがひらいた。

「あれっ。お客さんねえ」

満面に笑みを浮かべ、陽焼けした小柄な女性が勢いよく入ってきた。

いままでの空気が一変し、周囲がパッと明るくなった。

白いTシャツに黄色い花柄のアロハをはおり、両腕には苦瓜《にがうり》、へちま、それに大根を数本抱えている。大根は抜いたばかりと見えて、赤っぽい土がついている。

おもわず立ち上がって、あいさつした。

女性は腰をかがめて野菜をテーブルにおろすと、

「よく来てくれたさぁ。わたし、仲間みなみ。美しい波で、美波《みなみ》。秋男のパートナーさぁ。よろしくね」

さっと右手を差しだしてきた。

あ、土が、と思ったが、遅かった。

美波はぐいっと涼太の右手を引きつけるようにして握る。

「千客万来、商売繁盛、大歓迎だよー」

土のついた手で、涼太の肩をパンパンと親しみをこめて叩《たた》いた。

3

仲間酒造をたずねた翌日、涼太は東京に帰り、羽田空港から真田事務所に直接向かった。

事務所は地下鉄・清澄白河《きよすみしらかわ》駅の近く、小名木《おなぎ》川に沿った古いマンションの五階にある。東京の下町、かつて深川《ふかがわ》と呼ばれた地域である。

うす暗い階段をのぼり、事務所のドアをあけると、いきなりX JAPANの『紅《くれない》』が耳に飛びこんできた。

おもわず両手で耳をふさぐ。

X JAPANは嫌いじゃないが、狭い事務所でこの大音量でかけられると、たまったもんじゃない。

きっと金城梨花が〆切《しめき》りに追われて、ヒーヒーいっているのだ。

所長の真田をふくめ、三人のデスクはパーテーションで区切られ、それぞれの仕事を邪魔しないよう配慮されている。

音楽はせいぜい真田の好きなバロック音楽かモーツァルトをかけるくらいで、いつもはいたって静謐《せいひつ》な空間だが、梨花がひとりで仕事をすると、好きな音楽を爆音でかけるのだ。

そうやって気分を盛り上げてコピーを書くのが彼女のやり方だった。

――天才コピーライターって言われてるけど……。

自分勝手で気まぐれで、ほんと変人だ。

パーテーションの向こう、音にあわせて頭をふり、体を縦揺れさせている梨花の姿がちらっと見えた。

栗色がかったポニーテールがぴょんぴょん揺れている。

こんなときに声をかけると、キレるのは目に見えている。げんに何度かそういう目にあった。ここは要注意だ。

梨花の顔が見えるくらいまで背のびをし、声には出さず口だけで、「ただいま」と言う。

「真田さん、『周平《しゅうへい》』で待ってるって」

梨花は原稿用紙に目を向けたまま、顔も上げず大声で返してきた。

真田は、取材から帰ってきた涼太の話を聞くのをいつも楽しみにしている。

全国を旅する後輩が、いろんな人に会って新しい情報を仕入れてくるのが刺激になるようだ。ギョーカイのやつとだけ付き合ってるとどんどんバカになってく、というのが真田の口ぐせだった。

自分の帰りを待ちわびてくれているのは、うれしかった。

梨花に「これ、おみやげ」と口パクで言い、仲間からもらった炭酸水のボトルをデスクの端にそっと置くと、さっそく事務所を出た。

森下《もりした》に向かって、高橋《たかばし》を渡っていると、細かい霧のような雨が降りだした。小名木川の水面《みなも》に小さな水紋がいくつも浮かび、あたりが白くかすみはじめる。清澄通りを行きかう車の音もふっと遠くなり、急にあたりがしんとした。

冷えてきた空気に身ぶるいし、ワンタッチ傘を開く。ディパックが雨に濡《ぬ》れないよう背中から胸のほうに掛けなおした。

しばらく歩いて、のらくろ通りとぶつかって右に曲がる。

百メートルほど行った左手に、居酒屋「周平」の提灯《ちょうちん》が見えた。

昼の早い時間から開く、真田が重宝している店だ。

縄《なわ》のれんをくぐり、木製の引き戸をあけた。

「らっしゃいっ」

元気のいい声がかかり、カウンターの中からつるつる頭の大将がひとの良さそうな笑顔を向けてきた。

コの字型のカウンターは十五人ほどでいっぱいになる。午後三時のこの時間帯は、さすがに客は三人だった。

真田はカウンターのいちばん奥にいた。

うつむき加減になって手酌で酒を飲んでいる。やせた肩のあたりがちょっと寂しそうだ。

涼太の近づく気配に、ふっと顔を上げた。

「よう……帰ったか」

はにかんだような笑みを浮かべる。

「ただいまもどりました」ぺこりと頭をさげた。

「まあ、座れや」

あごで自分の隣の席をしめす。

「で、どうだった？」

涼太がまだ席に着かないうちに、貧乏ゆすりをしながら訊《き》いてきた。

目が少しとろんとしている。

「ばっちり、いい取材できましたよ」

あ、そうそう、とディパックから涼太はボトルを取りだした。

「まずは戦利品。これ、ちょっと飲んでみてください」

「なんじゃ、こりゃ？」

真田がけげんな顔をした。

「最後に取材した酒造所で、炭酸水が湧きだしてたんです」

真田の目の前には、すでに空《から》の徳利《とっくり》が三本並んでいる。

「もう、こんなに飲んでるんですか？」

涼太は思わずとがめるような口調になった。

「つるせえなあ」

「あんまり飲むと、また、やらかしますよ」

「ほっとけ。古女房みてえに言いやがって」

「まずは、この水、飲んでくださいよ。からだにもいいですから」

今でこそ、酒のうえでの失敗は減ったが、真田は酔った勢いでたびたびトラブルを起こしてきた。限界を越えると、ぷっつんするのだ。

大将が気をきかせて、さっと氷の入ったグラスを置いた。

「酔うために飲んでんだ。水なんかいられねえ」

「ダメですよ。これ、今回の最大の収穫。ぜったい飲んでほしいんです」

グラスに炭酸水を注ぐと、きめ細かい泡が心地よい音をたてて立ち上がった。

「いい感じに弾《はじ》けてるじゃねえか」

しょうがねえな、とつぶやきながら、真田は炭酸水のグラスに口をつけた。

「……ん？」

大きく目を見はる。

ふたくち目。こんどはのどを鳴らして飲んだ。

「こりゃ、すげえ。ペリエより美味《うま》い」

「でしょ？」

ちょっと自慢げに相づちをうつ。

真田はもともとシュワシュワ系が好きだ。事務所ではウィルキンソンやペリエを常備している。この水の良さはきっとわかってもらえると思っていた。

真田は炭酸水を飲みほして、グラスを置いた。

「なかなかの代物《しろもの》だ」

「気に入ってもらえました？」

「いいじゃねえか」

涼太はもう一本ボトルをあけ、真田と自分のグラスに炭酸水を注いだ。

「へい。お待ちぃ」

大将がカウンターの向こうからもつ煮込みを差しだす。

真田はさっそく箸《はし》をつけ、炭酸水をのどに流しこんだ。

「お、イイ感じだ。合ってる。お前もやってみろ」

試してみる。

もったりしがちな煮込みの後味をさっと消し去った。

「これ、硬水じゃねえか？」

「さすがですね」

「バカにすんじゃねえ。こちとら水商売長《なげ》えんだ。酒と水の味はようくわかってる」

真田はかつてイズミ食品の酒や飲料の宣伝コピーで、かずかずの広告賞を受けていた。常日ごろから、水商売を自称している。

「硬水の天然ソーダといえば、まずはペリエ。あとはサンペレグリーノだ。ペリエはガス圧が強い。サンペレグリーノは繊細。こいつは両方兼ね備えてる。すげえもんが湧き出たな」

「大先輩にそうおっしゃっていただけて、光栄です」

「この水。売ってんのか？」

「いえ。仲間酒造では売ってなくて。村の人たちの持ってくる野菜や卵と物々交換してるんです」

「そりゃ、もったいねえ」

「ですよね」

「欲ってもんがねえな、その仲間ってやつは」

「だから、ずっと休業してるのかもしれないですね」

「休業⁉ 休んでんのか……？」

「杜氏《とうじ》が急逝《きゅうせい》してから、新しいひとが見つからなくて、とても困ってるって言ってました」

「だったら、よけいにこの水を売りゃあいいのにな。じつにもったいない」

真田はくどくど言った。

「この炭酸水に出合った瞬間、ぼくら真田事務所で何とかできないかなって思ったんです」

「おれにしてもお前にしても、水と関わって生きてきた。こいつにビビッと来たのは、よくわかる。その『何とかできないか』ってのは、どういうことだ？」

「たとえば、うちが商品化に関われないかなって」

「たしかにな……」

そう言うと、真田は腕組みして、しばらく何かを考えている様子だった。

こういうときは、あまり突っ込まないほうがいい。それは経験でわかっている。

涼太は少し話題を変えた。

「こんどの取材でいちばん印象に残ってるのが仲間酒造でした。夫婦ふたりでやっていて、ご主人は関西出身の、いわゆる宮古婿《みやこむこ》です」

「なんだ、その宮古婿ってのは？」

「島の女性の家に婿入りした男性のことです。奥さん、とっても明るい人でした。酒造所が立ちゆかない状況なのに、そんなことぜんぜん気にするふうじゃなかった」

「うちの梨花も沖縄だけど、南の女性は大らかで生命力があるよな」

「そういえば、奥さんの名前、ミナミでした」

「面白そうな夫婦じゃねえか」

「そうだ。これもお土産。仲間さんちの泡盛です」

涼太がデイパックに手を突っ込んで、こんどは宮古泉の四合瓶をカウンターに置いた。

「そうこなくちゃな」

涼太が泡盛をグラスに注ぎ、炭酸水で満たした。

「こりゃ、イケる」

ひとくち飲んだ真田が、はずんだ声をだした。

「やっぱ硬水仕込みの酒は、硬水の炭酸水で割るのがいい。ジャックダニエルもこの炭酸水で割ると美味いはずだ。菊正宗《きくまさむね》のチェイサーにも良さそうだ。これなら、おれも日本酒といっしょに水が飲めるぜ」

「そういえば、宮古島の泡盛って、ことごとくおいしかったです」

「水が違うんだ。酒は水がいのちだ。日本酒も、灘《なだ》の男酒、伏見《ふしみ》の女酒って、水によって味が違ってくるからな」

「なんですか、その男酒、女酒って？」

真田はこんどは菊正宗の徳利をかたむけ、自分の杯に注いだ。目の高さまで持ちあげ、じっと見つめた。

「菊正宗は灘の酒。灘は硬水だからキリッとした辛口になる。伏見は軟水。もっと線が細い。おれは辛口がいい」

「だから、宮古泉、気に入ったんですよ」

「そうかもしれんな」

そう言って、真田はめずらしく白い歯を見せた。

＊　＊　＊

涼太はイズミ食品の社内コピーライターとしてウイスキーやミネラルウォーターの仕事をしてきたが、真田も同じイズミの仕事で、一九八〇年代に業界でゆるぎない地位を築いた。莫大《ばくだい》な広告費を使うイズミの仕事をさせてもらえることは、一流クリエイターの証《あか》しだった。

じつは、涼太は真田に深い恩義を感じている。というのも、コピーライター新人賞をとったのはイズミ食品の「金剛のおいしい水」のコピーだったが、それは審査委員だった真田が涼太のコピーを高く評価してくれたからだ。

真田が活躍した時代、広告業界にはスター・クリエイターがひしめいていた。なかでも真田は傑出していた。

切れ味鋭いコピーは、漁師の息子として佃島《つくだじま》に生まれ、深川で育ったかれの江戸っ子気質《かたぎ》が映しだされていた。

制作チームをぐいぐい引っ張っていく強力なリーダーシップもあった。腕力も強く、武勇伝には事欠かず、当時は「泣く子も黙るサナダ」と畏怖《いふ》されていた。怖いものなしの真田は、六本木《ろっぽんぎ》や西麻布《にしあざぶ》の「夜の帝王」ともいわれた。

なにしろ酒が強い。よく飲む。店の女性にも優しい。しかも、いつもニコニコ現金払い。料飲店にとって、これほどありがたい客はなかった。

しかし、真田秋幸には大きな問題があった。

酒乱なのである。

深夜、六本木で渋滞する車の屋根を、「義経《よしつね》八艘《そう》飛び」と叫びながら、ひょいひょいと渡っていったこともあった。

知人のデザイナー事務所のパーティーが盛りあがらなかったので、場をおもしろくするためと称し、酔ったあげくに消火器を噴射し、非常ベルを鳴らして消防車を五台呼んだこともあった。

しかし、こんなのはまだ序の口だった。

真田の社会的評価を奈落《ならく》の底に突き落としたのは、新宿《しんじゅく》の三光《さんこう》町交差点での事件だった。

ある夏の深夜、泥酔したあげく、隣を歩く見知らぬ人に財布を盗《と》られた幻覚を見て（本人談）、いきなり殴りかかって前歯二本を折るケガを負わせ、四谷《よつや》署に逮捕されたのだ。

事件後、イズミ食品をはじめとするクライアントからは即、出入り禁止処分を受け、とうぜん広告代理店からの仕事は激減した。

「あのひと、天才を気取ってるけど、じつは頭おかしいんだよ」と陰口をたたかれ、潮が引くように友人が一人去り、二人去り……どんどん孤独の淵《ふち》に追いやられていった。

何度も同じような騒ぎと失敗を繰りかえし、周りの人間は嫌気がさして去っていく。そのたびに真田は真摯《しんし》に反省するが、行動はなかなか改まらなかった。

三光町事件のほとぼりが冷め、ようやく広告界に復帰したのだが、以前のようには仕事は来なくなっていた。

事務所のコピーライターもどんどん辞めていき、たった一人残ったのが、真田の再来ともいわれる金城梨花だった。

＊　＊　＊

「おれも、何度か宮古島には行ったことがあるんだ」

泡盛ハイボールで上機嫌になった真田が口を開いた。

大将が真田の空《から》になったグラスを目ざとく見てとり、次はオン・ザ・ロックにしますか、と言って、氷の入った新しいグラスを二個、カウンターに置いた。

「申しわけない」

真田が頭をさげると、大丈夫だいじょうぶ、と大将は手をふりながら、黙々と焼き鳥の仕事にもどった。

真田はボトルから泡盛をドボドボと自らのグラスに注いだ。

「シュノーケリングにハマってさ。宮古の北の池間島《いけまじま》って小《ち》っこい島によく行ったもんだ。まだカツオ漁をやってたころだ。漁師と親しくなって、一度だけ船に乗せてもらったことがある」

「どのあたりで漁をしたんですか？」

「池間島の北に八重干瀬《やびじ》ってでかいサンゴ礁があって、漁場はその沖だった。漁場に着く前に、漁師たちは素潜りでキビナゴを獲《と》る。カツオの生き餌《え》にするんだ。オジィばかり十名ほど船に乗ってたんだが、陸《おか》じゃよたよた歩きだったオジィがいざ海に潜るってえと、人が変わったみたいに元気になる。まるで海ん中のペンギンだ。飛ぶように泳ぐんだ。おれよりよっぽど泳ぐのが速かった」

「さすが海の男ですね」

「初めてのカツオ漁にも興奮したが、なんつっても一番びっくりしたのは、八重干瀬って巨大サンゴ礁だ。ふだんは海面から見えないサンゴ礁が、春の干潮になると、海の上にどどっとあらわれるんだ。面積は宮古島の三分の一もある」

真田の話を聞くうちに、目のさめるような海の色やリーフに砕ける波音がよみがえってきた。

「そういえば、八重干瀬も隠れてるけど、宮古島の水も地下に隠れてるんですよね」

涼太が言う。

真田は驚いた顔をした。

「あの島には、山がないじゃないですか」

「そうだな。ぺったんこだよな」

「だから川もないんですって」

「じゃあ、みんな、地下水を飲んでるわけか」

「ですね」

「自分は水商売だってエラソーに言ってたのに、島の水がどこから来てるのか、ぜんぜん知らなかったな」

「島の地下には、水が満々とたたえられてるんですって」

「それが炭酸水になって湧き上がってきたのか」

真田はまじまじとボトルを眺めた。

『秘すれば花』みたいなところ、ありますよね」

「いい島だ」

「光がきらきらして、風が通ってますよね」

真田はグラスを持ったままうなずいた。

「宮古島は昔と変わってたか？」

涼太はちょっと考えてからこたえた。

「十年前に一度行ったことがあるんですけど、変わったところと変わってないところと……」

「いってえ、どっちなんだ」

気ぜわしく訊《き》く。

「街がヘンに都会になっちゃってました。空港からの道も広くなって二車線になってたし、夜のメインストリートの西里《にしざと》通りには、本土からやってきた女の子が派手なミニスカート姿でキャバクラの呼び込みやってるし。え？ ここ、どこ？ って感じ」

「そうか」

「食べものは高くてまずいし。渋谷《しぶや》と変わんないレベルですよ。ホテルだって値上りして、予約もなかなかとれないです」

「いいとこなし、じゃねえか」

真田は泡盛ロックをぐびりと飲んで続けた。

「街んなかも昔は静かな感じで、灯《あか》りもそれほどなかったなぁ。でも、ホテルがとれねえって、いったいどういうわけなんだ？ そんなに観光客が来てんのか？」

「人口五万五千の島に、年間観光客が百万人以上。巨大マンションみたいなクルーズ船が平良《ひらら》港にも停まってました」

「ひえー。あんなのが……」

あんぐりと口をあける。

「上海《シャンハイ》や天津《てんしん》、廈門《アモイ》、広州《こうしゅう》、それに台湾からの船らしいです。『東洋のカリブ海クルーズ』と銘打ってるんですって。一度に六千人乗せてきて、その人たちが島に入ると、町中からタクシーが消えるそうです。病院に通ってるオジイやオバアがタクシーを呼んでも、ぜんぜん来てくれないんですって。伊良部大橋の開通が大きいんでしょうね。空港も一つ新しいのができたし」

「……そりゃあ、いままで以上に人が来るな」

「建設ラッシュだから、道はダンプカーや工事用の車両だらけ。毎日、土ぼこりを撒き散らして爆走してますよ。伊良部島のビーチはそこらじゅうで槌音《つちおと》が響いてホテルの建設ラッシュ。めぼしいビーチはどんどん買い占められてるって、島の人は言ってました」

「沖縄本島と同じことを、宮古でもやろうとしてんだな」

「土建関係のひとがホテルにロングステイしてるんですよ」

「で、ホテルの部屋がいっぱいになるのか」

「賃貸《ちんたい》アパートも工事関係者が借りてるから、空き部屋なし。不動産屋の話では部屋は百人待ち。家賃も上がるし、宮古島の新婚さんがアパートに入りたくても入れない。物件自体がないんです」

「まさに宮古バブルだな……」

4

翌日の午後。

涼太はパソコンに取り入れた写真を、真田に見せた。

「なかなか、いいじゃねえか」

真田は満足げな表情を浮かべ、デスクの傍らに置いたペリエの可愛らしいボトルを取りあげると、直接ごくりと飲んだ。真田の手の中でみどり色のガラス瓶がきらりと光る。瓶のなかからサワサワとかすかな音が聞こえてきた。

おもわず、涼太はごくんと唾《つば》を飲みこむ。

昨夜は午前三時まで真田につきあって飲んでしまった。さすがに二日酔いだ。からだ全体が濡《ぬ》れ雑巾《ぞうきん》みたいにぐったりしている。〆《しめ》切《きり》が迫っていなければ、ほんとは今日は休みを取りたいところだ。

真田も二日酔いでのどが渇くらしい。すでにペリエを二本あけ、しょぼしょぼした目でパソコン画面をチェックしている。

「ほう。これがウリガーか」「想像以上に、みんな小さな酒造所なんだな」「おっ。壁が真っ黒だぜ」「いやあ、平良も変わったもんだ」「青崎ってこんなにみどりが多いのか」「宮古の海は、やっぱ特別だな」

ひとりごとを言いながら写真に見入っていたが、ふと、クリックする指が止まった。

涼太は、何か写真に問題でもあったのかと気になって、真田の顔をちらっと見る。

真田は首をかしげながら、じっと一つの画像を見つめている。

タッチパッドの上で右手の人さし指と中指を広げ、その画像を拡大した。

「どっかで見た顔なんだよなあ……」

つぶやきながら、目がしだいに真剣味を帯びてきた。

見つめる画面では、仲間秋男と美波夫妻が宮古泉の一升瓶を持ち、みどりの光をあびて笑いながら立っている。

「まさか、お知り合いですか？」

真田は、うーん、なんかわかんねえけど、と唸《うな》りながら、「誰かに似てんだ……」と首をひねる。

「ダンナさんのほうですか？　奥さんのほうですか？」

「男の方だ」

眉根《まゆね》をよせて、仲間を指さした。

「このおっさん、六十代か？」

「ほんとの歳はわかんないですが、見た目、けっこう若かったです」

「関西弁だったって？」

「ええ。それもあって気が合いました」

「そうか……」

ちょっと考えこむようにして訊いてきた。

「名前、もう一度、教えてくれないか」

「なかまあきお。漢字で書くと、仲間由紀恵《ゆきえ》の仲間に秋の男でした」

「秋の男……あき、あき……おれと、同じ、秋の字だな」

涼太は真田の記憶をよみがえらせる手助けをしようと口をはさんだ。

「なんか昔のイケメンですよ。当時の言葉で二枚目っていうんですかね。昭和の時代劇に出てくる若様にちょっと白髪を増やして、皺《しわ》をつくった感じ」

「見おぼえ、あるんだがな……」

仲間の顔が記憶に引っかかっているようだ。喉《のど》もとまで名前が出かかっている感じだ。

「おれの脳細胞、アルコールで溶けてんじゃねえのかな……」

もどかしそうに幾度も首をふり、自嘲《じちょう》的なため息をついた。

窓の外では、昨日から降りつづく雨が、白い糸を光らせている。

パーテーションをはさんだ隣の席では、梨花がスマホで音楽を聴きながら仕事をしている。その音がイヤフォーンからかすかに漏れていた。

「ん？」真田は何げなく耳をかたむける。

「クラプトンの『レイラ』じゃねえか……」

表情がみるみるうちに明るくなった。

「何か、思い出しました？」

真田は、もう一度パソコン画面に顔をよせた。

「……この左頬のあざ……森《もり》だ！　森秋男に違いねえ」

「森さん……？　このひと、仲間さんですよ」

「たしか、このオヤジは婿養子に入ったって、お前、言ってたな？」

せきたてるような口調で訊いてくる。

「ええ。那覇のラジオ局にいたときに出会ったのが、いまの奥さんだって」

「そうか……だから苗字《みょうじ》が変わったのか。学生時代から、もう四十年以上も会ってねえ。そりゃ髪の毛も白くなるだろうし、皺だって増える。それにしても……」

おもわず涼太は真田の薄くなった頭頂部をチラ見した。

視線を感じた真田は口をとがらせ、おれのことはどうだっていい、と言って、

「こいつは大学の同級生の森にちがいない。研究会で一緒だった。ディテールが少し変わってるが、このあざはぜったいに森だ。独特の反抗的な目つきも変わってない」

「新聞放送研究会でしたよね」

「どうして知ってんだ？」

「仲間さんから聞きました」

「そんなこと言ってたか」

「研究者の道に進もうと思ったけど、やめたって」

「そうなんだ。あいつは専門書もよく読んでたし、理論的にもしっかりしてた」

「でも……ほんとに森さんかなあ」

「るっせえな。おれの直感、信じねえのか」

「いえ、べつに、そういうわけじゃ」

涼太はあわてて手を振った。

「名前は秋男だろ？　おんなじ秋の字が入ってるって、はじめて会ったときから気が合

ったんだ。いまでも覚えてる」

「なんだか心もとないなあ」

「んなこと言ったって、おめえ……」

「真田さんらしくないですよ。普段はもっとエビデンスがどうだとか言うじゃないですか」

男ふたりが声高《こわだか》に話していると、パーテーションの向こうで、梨花がけわしい表情で立ち上がり、人さし指を唇の前に立てた。

「ちょっとぉ、うるさいんですけど」

そう言って、奥の打ち合わせスペースのほうを指さす。

真田と涼太は背をまるめ、パソコンを持って、すごすごとそちらに移動した。

「でも、どうして『レイラ』で森さんを思い出したんですか？」

パイプ椅子に座ると、涼太が訊《き》いた。

「当時、クラプトンは神さまみたいなもんだった。ビートルズファンだったおれは『ホワイル・マイ・ギター・ジェントリー・ウイープス』を聴いてクラプトンを知った。それからはクラプトンにぞっこんさ。森も同じだ。研究会が終わると、互いの下宿を訪ねあっては、それぞれの持ってるレコードを聴いた。好きな音楽が似ていたから話があったんだ。で、あるとき、おれが『レイラ』のイントロをギターでコピーしていたら、『このリフ、パクリなの知ってるか？』って森が言ったんだ」

「へえー。そうなんだ」

「アルバート・キングのブルースのリフをゆっくり弾いたって言うんだ。こいつ、よく知ってるなって、尊敬したよ」

真田は古い記憶を一気に思い出したようだった。

「その森さんと仲間さんが同一人物かどうか、せっかくだから、いま電話で確かめてみましょうよ」

涼太は携帯電話をとりだした。

「ちょ、ちょっと、待ってくれ」

「どうしてですか？　話が早いじゃないですか」

「いや、その……いきなり、電話ってのもな……しかし、のどがめっちゃ渇くなぁ。ペリエ、飲んでからにしようじゃねえか」

涼太もまだのどが渇いている。真田の様子を不思議に思いながらも、冷蔵庫のなかをチェックしにさっそく立ち上がった。

扉をあけると、ペリエはおろかミネラルウォーターすら入っていない。

「ん？　どうした？」

背すじを伸ばして、真田が訊いた。

「……水、まったく、ないです」

「弱り目に祟《たた》り目。泣きっ面に蜂。そんなもんだ、人生は」

ひょうひょうとした調子で言い、「いいよ、おれ、水道水で。ぜーんぜん大丈夫」

そのとき、ピンポーンとドアチャイムが鳴った。

涼太が玄関口に出ると、宅配便のお兄さんが段ボールケースをかかえて立っている。サインして、荷物の依頼主を見た。

仲間秋男だ。

品名は『炭酸水1ケース』。

「やったー。すっごいタイミング!」

荷物をかかえて、打ち合わせスペースのテーブルにもどった。

「噂をすれば、ってやつですよ」

テーブルに段ボール箱をどんと置く。ガムテープをはがして箱を開くと、中から炭酸水のボトルが二十四本あらわれた。

「さっそくお礼の電話しましょうよ。これ、神さまが電話しろって言ってますよ」

「わ、わかった……」

たじろぎながら、つぶやく。

「うまく聞きだしますから」

「ああ、お前にまかす。だが、おれの名前はぜったい出すなよ。な?」

＊　　＊　　＊

仲間は、自分の旧姓は森だとはっきり言った。

電話を切ってその旨を伝えると、そうか、と真田はちょっと強張《こわば》った笑みを浮かべた。

「よかった。これですっきりしましたよね」

涼太は、そうだ、と手をうち、梨花に向かって呼ばわった。

「宮古島の炭酸水もらいましたよー。ちょっと手を休めて、こっちに来ませんか」

宮古島と聞いた梨花が、席を立ってきた。

「これ、昨日、涼太クンがおみやげでくれたやつだよね」

梨花は目の前に置かれたボトルに手を伸ばした。

ツォッと音をさせて開栓し、ひとくち飲む。

「昨日も思ったんだけど、これ、冷えてなくてもおいしいよね」

「どんなふうにおいしいです？」涼太が訊いた。

「からだのなかで星が燦《きら》めく感じ」

「キャッチ・コピー、どうする？」

すかさず真田が訊く。

「銀河のスパーク、飲もう」

「銀河を飲む――か」

真田が左手で顎《あご》をなでる。「悪くねえな、その発想」

電光石火のスピードでキャッチをつくる。

その才能に、あらためて舌を巻いた。

そんな涼太の憧憬《どうけい》と嫉妬《しっと》の入りまじった視線を受け流し、梨花はもうひとくち飲んだ。

「こんなソーダ水、めったにないよ」

目を輝かせ、手に持ったボトルを光に透かしてつくづく眺めた。

「どうだ、売れそうか？」

「ええ。やりようによっては。硬水の天然炭酸水ってのが一番のウリ」

梨花は手短にこたえた。

「そうか……」

真田は腕組みしてしばらく考え、ふたたび口を開いた。

「どうだ、この炭酸水の売り方、考えてみねえか？　これはいい玉《たま》だ」

5

「じゃ、あとは頼んだぞ」

炭酸水を飲み終えた真田は、今日もはやばやと帰っていった。たぶんこれから周平でちょこっと飲むにちがいない。

涼太と梨花はやり残した仕事を続け、二時間あまりで何とか片づけた。

「そろそろ冷えたかな」

涼太は冷蔵庫から炭酸水を取り出して、二つのグラスに注ぐ。

梨花は白いのどを反らせてゴクゴク飲んで、

「やっぱり、より一層いいね」

満足げにうなずいた。

事務所には、梨花の好きなバッドフィンガーの曲が流れている。ちょっと陰りのある甘酸っぱいサウンドは涼太も好きだ。

「ヒットする必要条件をまずは備えてると思うよ」

梨花がいつもの冷静な口調で言う。

「そう思います？」

「ハイボールのブーム以来、炭酸人気って続いてるじゃん。いまはプレーンな炭酸水をそのまま飲むのがカッコイイよね。のどが渇いてるとき、普通のミネラルウォーターよりずっとすっきりするし、カロリーゼロだから、ぜったい太らないもん」

「強炭酸のも発売されてますね」

「レモンとかライム、オレンジ……いろんな風味づけした炭酸水も人気だよね。美容のために炭酸水で顔や髪を洗う女の子もいるし。炭酸水ってヘルシーなイメージがいいんじゃない？　やっぱ女子に受けないとヒットしないよ」

「どんよりした時代だから、みんな、爽《さわ》やかなシュワシュワ系で弾《はじ》けたいんじゃないのかな」

涼太のことばに梨花がめずらしく、いいこと言うね、とうなずいた。

「時代がやっと炭酸水に追いついたのよ。いま炭酸市場はウィルキンソンのひとり勝ちって感じじゃん。値段的には正規価格が百円。ドラッグストアにいけば七十八円で売ってるでしょ。でも、消費者はいろんな炭酸を求めてる」

「ビールも昔はバリエーションが少なかったですよね。いまはエールとか黒ビールとか、いろいろあるけど」

「さらにプレミアムと安い商品に二極分化してるよね。炭酸水もきっとそうなる。こないだ飲んだ奥会津の炭酸水はプレミアム商品だったよ。泡がきめ細かくて、味も繊細。伊勢志摩《いせしま》サミットの卓上水でも使われたんだって」

その炭酸水のことを梨花が知っていたのには驚いた。

「よく勉強してますね」

素直に感心すると、めずらしくはにかんだ。

「水のことになると、あんまり他人事《ひとごと》と思えなくなっちゃうんだ……」

「梨花さんも水と縁があるんですね」

気になることがあると水で手を洗う涼太は、梨花に対して何か近しいものを感じた。

うん、まあ……と梨花は曖昧《あいまい》にこたえ、

「せっかくだから、宮古泉の炭酸割りにシークヮーサーしぼってみようか」

と言って、グラスに泡盛を注ぐ。

ハイボールは、やがてロックになり、グラスを持った梨花は上機嫌でバッドフィンガーの曲に合わせて鼻歌をうたった。

豆腐ようを肴《さかな》に、久しぶりにふたりだけで飲んだ。

ほどよく酔いが回ったころ、ふだんより口が滑らかになった梨花は、問わず語りに自分の身の上をぽつぽつと話しはじめた。

「わたし、子どものころから、ぜんそくやアトピーがひどかったんだ。いまもその症状がときどき出る。手の皮膚も赤いし、まだらな豹柄《ひょうがら》になってるんだよ」

ほら、と言って華奢《きゃしゃ》な手を見せた。

驚いた。手の甲はガサガサで、まるで爬虫類《はちゅうるい》のようだった。

「これって汚れた水と関係してるんだよ、たぶん」

梨花が生まれたのは、沖縄本島の嘉手納《かでな》だ。

早朝や深夜も米軍機が住民にまったくお構いなく飛んでいる。家の窓はぜんぶ二重だそうだ。

「近くに比謝川《ひじゃがわ》が流れていてね。昔はきれいな川だったんだけど、基地ができてから、めちゃくちゃ汚された。わたしが生まれる前のことだけど、嘉手納の井戸に米軍のジェット燃料が混ざって、そこに火がついちゃって、『燃える井戸』ってたいへんな騒ぎになったそうよ」

本島も地下水が豊富で、湧き水がいたるところにある。基地のなかにもたくさん井戸があり、その水は浄水場に集められ、水道水として使われているという。

「だから宮古島の地下から湧きだした炭酸水は他人事とは思えないんだ。ぜったいに汚さないでほしい」

からだに発疹《ほっしん》がはじめて出たのは、サバの味噌煮《みそに》を食べたときだった。皮膚が赤くなり、たまらなくかゆくなって、いてもたってもいられなくなった。

「なにか霊が取《と》り憑《つ》いたんじゃないかって、お母《かあ》の知り合いのユタに見てもらったよ。そしたら、『ご先祖様をちゃんと祀《まつ》ってないからだ』って言われて。それから毎日、仏壇に掌《て》を合わせ、御嶽《うたき》にも拝《うが》みに行ったよ。でも一向に治らない。母はいらいら《ワジワジ》して、もっと霊力の強いべつのユタを紹介してもらったさ。すると、そのユタはわたしの顔を見るなり、開口一番、『水のせいだね』って言ったんだ」

母も梨花もハッとしたという。ときどき水道からヘンな匂いのする茶色い水が出ていたのだ。

梨花は赤ん坊のころからちょっとしたことで熱を出したり、咳《せき》が止まらなくなったりした。「それもこれも水のせいさぁ。わたしたち《わったー》のとこより医者に行ったほうがいい」ユタは、はっきり言ったという。

「で、これはアトピーなんだって知った。そして言われるがままに、大量のお薬を飲んだり塗ったりした。すると魔法のように症状は良くなってね。でも、寝不足が続いたり、気温の上下が激しかったりすると、また発疹が出た。咳もとまらないし、かゆくてかゆくて、いてもたってもいられなくなる。で、また薬を処方してもらう。治る。悪くなる。塗る。飲む。治る。さらに悪くなる——そんなことを繰りかえすうちに、いくら薬を使っても発疹をおさえられなくなっちゃった……」

「それって、ステロイドだったんじゃないですか？」

「そう。いろいろ調べて、こりゃまずいと思って、ステロイドを止《や》めたの。そしたら、リバウンドがすごくて。七転八倒の苦しみだったけど、なんとかそれを乗りこえて少しは人並みの暮らしができるようになったんだ」

とはいえ、ちょっとした気温や湿度の変化で、梨花の顔や首のまわり、内もも、二の腕、胸などは赤くただれる。裂けた皮膚は完全には修復されず、からだのいたるところにケロイド状の傷が残っている。

「荒れた肌を見てると、『まるで沖縄の戦場《いくさば》みたい』って思うもん。スーパーで買い物をしてお金を払おうとしたら、わたしの手を見て、レジのおばさんが手をサッと引っ込めたこともあったよ」

そう言って、あっけらかんと梨花は笑った。

＊　＊　＊

いい調子で飲んでいるうちに、炭酸水とほかの酒との相性を調べたくなってきた。

「これでカンパリ・ソーダ作ってみましょうか」

涼太は冷蔵庫にひやしてあるカンパリを取りだし、炭酸水で割ってみる。

ひとくち飲んだ梨花が眼を見はった。

「骨格がしっかりして、味わいがクリアーになったね。断然おとなの飲みものになってるよ」

次に、タンカレー・ジンを炭酸水で割って、ライムをしぼった。

梨花はぐいぐい飲んで、これこれ、と笑みをこぼした。

「ジンの鋭い味わいを残しながら、ジュニパーベリーの香りが立ち上がってる。味の粒立ちもいい。ぜんたいの輪郭がキリッとしてる。ホーチミンやシンガポールで熱帯樹に囲まれて飲むと、おいしいだろうなあ。夏の夕暮れにもぴったりよ」

ふたりでソーダ割りカクテルを試すうちに、あっという間に時間がたった。

気がつけば、すでに午後九時過ぎだ。

梨花は酒が強い。飲んで記憶をなくしたことなど一度もないと聞いている。酒癖もいい。泣いたり笑ったり怒ったり暴れたりの真田、テーブルに突っ伏して眠り込む涼太を横目に、ちょっとだけ朗らかになるくらい。ただし飲み過ぎると、アトピーの状態が悪くなるそうだ。

「お母がスナックやって、わたしを育ててくれたんだ。お客さんの飲んでくれたウイスキーのおかげで、大学まで行けたんだもん。お酒は恩人。だからリスペクトしている。それに、わたしにとって、お酒は脳の栄養だから」

「じゃ、栄養がまわったところで、この炭酸水、どうやったら売れると思います？」

「ん？」

いきなりどうしたの、という表情を見せたが、すぐさま仕事モードの顔になった。

「まずは、ネーミング。それからボトルやラベルのデザインでしょ」

「ですよね」

「お客さんが最初に目にするのはボトル。乱暴な言い方をすれば、広告が一切なくてもボトル・デザインさえ良ければ売れるよ。ペリエのデザインなんて飛び抜けてすごいじゃん」

梨花も真田と同じくペリエが大好きだ。

「イタリアのサンペレグリーノ、スペインのヴィッチーカタラン、ドイツのエンジンガー・クラシック。一流の炭酸水はみんなデザインも色もカッコイイ」

「じゃ、ぼくらの炭酸水、どんなシェイプがいいです？」

「そうねえ……」ちょっと考えて、「涼太クンがよくいう『シュッとした』ボトルシェイプがいいんじゃないかな」

「それって流線形ってことですか？」

「なんかスピード感のある感じ。炭酸って爽快《そうかい》だから」

「ボトルの色は？」

「宮古島の目のさめるような海のいろ。あるいは森のライトグリーン？」

「ペリエもサンペレグリーノもグリーンですもんね」

「でも、やっぱ商品名よ」

「仲間炭酸水ってどうですか？」ずっと考えていたネーミングだ。

「なんか、インパクト弱いね」

「じゃ、地名から付けるのは？」

しばらく考えて、

「ミヤコ炭酸ってどう？」

梨花の目が光った。

「ミヤコタンサン、ミヤコタンサン……」

涼太も繰りかえし口ずさんだ。

「いいサウンドですね。島には『水の宮古』って言葉もあります。雅《みやび》な感じもしますよ」

「仲間酒造って、大きさ、どれくらいなの？」

「せいぜい小学校の教室二つくらいかな」

「とうぜん大量生産じゃないよね」

「ええ」

「やっぱり奥会津と同じように、プレミアム戦略だね」

「マス宣伝費がかけられないから、そのぶんボトルやロゴ・デザイン、商品名などがますます重要になってきますよね」

「商品それ自体に価値がないとダメ。しかもクールであること。わたしたちの出番だよ」

やってやろうじゃないの、と梨花は自信たっぷりに胸をどんと叩《たた》いてみせた。

「商品化と宣伝広報戦略を、うちが仲間酒造に提案すればいい」

梨花は新たな泡盛ハイボールをつくりながら、うなずいた。

「なによりすごいのは、天然炭酸水ってこと。いま話題の宮古島でとつぜん湧きだしたのもニュース・バリューがある。しかも、村人が物々交換で井戸に水をくみに来てるなんて、いい話じゃん」

「真田さんと仲間さんはもともと大学の友人だから、これが実現すれば、『友情から生まれた炭酸水』ってメディアが取りあげるかもしれないですよ。そうすれば、すごい宣伝になる。でも……」

涼太はちょっと眉《まゆ》をくもらせる。

「一番の問題は仲間酒造が経営的に逼迫《ひっぱく》してるってことです」

「それは違うんじゃない？　経営が厳しいから新製品を出さないなんてバカげてる。保守的な固定観念だよ。そんなのにこだわってる限り、新しいものはぜったい生まれない」

梨花はそう言うと、理知的なまなざしを涼太に向けた。

「なるべく元手のかからない新製品を開発して勝負に出るってやり方もあるんじゃない？　このままだと仲間さんは座して死を待つことになるよ。わたし、まずは仲間酒造がどんなところか見てみたい。現場を知らないことには、商品提案も何もできないよ。イメージが湧いてこないもん。真田さんに『商品化を考えているなら、宮古島に行きましょう』って言ってみようよ」

6

涼太が全力をあげて作った機内誌の宮古島特集はたいへんな反響をよんだ。

全日本航空（AJA）の広報部にも、記事への問い合わせの電話やメール、手紙や葉書が殺到し、いつもはうるさいことを言ってくる担当者も、こんなことはいままでなかったことだと弾んだ声で連絡してきた。広報部長はもちろん、役員クラスもとても喜んでいるという。担当者の面目も大いに立ったようだ。

雑誌やウエブサイトでのいままでの宮古島特集といえば、高級リゾートやヴィラ、ダイビングやフィッシング、そしてご当地グルメなどのありきたりな記事が多く、島人《しまんちゅ》の目線にたったものは少なかった。

ところが、涼太は「宮古島はもともと自然とひととが共生してきた土地」というコンセプトで構成し、根っからの島人のインタビューを中心に、島の暮らしを丹念に描いた。なかでも宮古島の水に着目し、島のすべての酒造所を紹介した記事は好評だった。泡盛ハイボールのお薦め炭酸水についての問い合わせが、とくに多かったそうだ。

これほど読者やクライアントの反応がいいのは、涼太にとって良い意味で想定外だった。

機内誌の評判に気をよくしたＡＪＡは、派生企画をつくれば商売になると考え、真田事務所に「宮古島の酒造所めぐりツアー」をプランニングしてほしいとオーダーしてきた。

＊　＊　＊

清澄白河駅近く、高橋《たかばし》のらくろード商店街には弱々しい日の光が斜めに射している。木枯らしが吹き過ぎると、犬の散歩をする人がおもわず身を縮めた。

日曜日の午後四時。

涼太と真田、梨花は居酒屋「周平」のコの字型カウンターに陣取っていた。

真田事務所は一般のサラリーマンの休日など、まるで関係がない。

おとといの夜、梨花の手がけていた広告コピーが競合プレゼンに勝ったという連絡をもらっていた。大きな仕事を獲得できて一同大喜びしたが、ほかの仕事に追われて、お祝いもできずにいた。

今日になって、それぞれ〆切《しめき》りから解放され、プレゼン勝利のお祝いを兼ねて、ＡＪＡのツアー企画を練ろうと、早い時間からやってきたのだった。

「まさしく瓢箪《ひょうたん》から駒。機内誌の特集からこんな波及効果があるとは思わなかったな」

真田が目尻《めじり》に皺《しわ》をよせ、うれしそうに言う。

三人で軽く乾杯。真田は一気にグラスをほした。

「梨花も大仕事を獲《と》ってきてくれた。いや、じつにすばらしい」

すこぶる上機嫌だ。

大将が、真田さん、なんかいいことあったんですかい、と訊《き》いてくる。

「ありもありも、大ありよぉ」

真田は指を三本立て、「お銚子三本」すかさず言った。

酒がまわりはじめたころ、涼太が口を開いた。

「AJAからの酒造所めぐりツアーなんですが、単なる見学じゃ、おもしろくないと思うんです」

「じゃあ、どうアレンジする？」

好物の湯豆腐に箸《はし》をつけながら真田が訊く。

待ってましたとばかりに、涼太は身を乗りだした。

「泡盛はいい水があるからできるわけじゃないですか？」

「そりゃ、そうだ。酒は水の良し悪しで決まる」

「こんどのツアーでは、お客さんに泡盛の仕込み水を飲んでもらおうと思ってるんです」

涼太の脳裏には、青崎集落に入る前に見た「水」と書かれた巨大な石碑が浮かんでいる。

「ふむ」真田は相づちをうった。

「たしかサントリーの山崎《やまざき》蒸溜所に行ったときもジャックダニエルの蒸留所に行ったときも、仕込み水を飲ませてもらったな。あれはえらく感動した」

「それぞれの味の違い、面白いでしょ？」

「水の味ってのは微妙に違うんだよな」

「宮古島は昔から地下水に頼って生きてきたじゃないですか。毎日、ウリガーっていわれる井戸を二十メートルも下りていって甕《かめ》に水をくんで、それをまた持ってあがって、飲み水にしたり食事に使ったりしてましたよね。いまも水道水はぜんぶ地下水だし、農業用水は地下ダムを作って、そこに貯めた水を使ってます。ツアーでは島のいたるところにあるウリガーも見てほしいし、地下ダムも見てほしい」

「地下水のことはお前から聞いていたけど、地下にダムがあるのは、はじめて聞いたな。何なんだ、それは？」

　真田はちょっと首をかしげた。

「特殊な杭《くい》を打ち込んで地下水をせき止めてるみたいですよ。資料館で模型を見せてもらいましたけど、世界でもあまり例がない画期的なダムです」

「なるほど……」

「水に苦しんできたからこそ、いろいろ考えてるんだな」

「でも、何と言っても、涼太クンがいちばん飲んでもらいたいのは、じつは仲間さんの炭酸水でしょ？」

　梨花が口をはさんできた。

「ピンポーンッ！　そのためにも水という大きなくくりで、ツアーの企画を考えたほうがいいんじゃないかなって。それと、観光客が増えたことで島の水不足の問題もありますし」

「水の使いすぎは宮古だけの問題じゃねえ。おれたち日本人は、水はいつも潤沢にあるもんだと思いこんでるからな」

「ほんと、そうですよ。いま日本の森を外国人が買ってますよね。水源地の確保が目的でしょ？　その水を自分の国で売ろうとしてるわけですもんね」

その言葉に、梨花がクスッと笑った。

「涼太クン、宮古島の水のことを知ってから、あんまり洗面所で長い時間かけて手を洗わなくなったよね」

「は、まあ……」

涼太は照れくさそうに頭をかいた。

＊　　＊　　＊

三十分後、酒は日本酒から泡盛に変わっていた。

真田は、とり皮の煮込みが見えなくなるほど七味唐辛子を振りかけ、「かれえ、かれえ」とうっすら涙を浮かべて食べ、宮古泉の古酒《クース》をぐびりと飲んだ。涼太がお土産で持ち帰って以来、宮古泉は真田のお気に入りだ。毎月一ケース取り寄せ、そのうち半分を「周平」にキープさせてもらっていた。

涼太はオン・ザ・ロックを作りながら、おもむろに真田にたずねた。

「いままでうちの事務所って社内旅行に行ったことなかったですよね？」

「ん？」

とろんとした目になった真田は右手にグラスを持ったまま、一瞬かたまった。

「社内旅行？　んなの、意味あんのか？　おれたち三人、いつも同じ部屋にいて、ずーっと一緒に旅してるようなもんじゃねえか」

梨花は小首をかしげる。

「宮古島ツアーの企画ロケハンって名目で、三人で宮古島に行きましょうよ。一種の社内旅行ってやつですよ」

「それ、めっちゃいいアイディア！　ぼくはぼくで、現場で旅行企画を練り上げられるし、梨花さんは梨花さんで、炭酸水の商品企画とプロモーション案を考えられますよ」

「やっぱ現場に行くか行かないかで、商品や企画への思い入れがまったく違ってきますよね」

すかさず梨花が言う。

それと……と涼太がふたたび口を開いた。

「真田さん、旧友の仲間さんに会えるいい機会ですよ」

「………」

黙って、泡盛ロックをぐびりと飲んだ。

『硬水の天然炭酸水というのが一番の売り』って、わたしが言ったら、真田さん、『これはいい玉《たま》だ』って言いましたよね？」

梨花が念をおす。

「ああ……」

グラスを持ったまま、フリーズしている。

「わたし、炭酸水が生まれた土地で光と風を感じて、どうしてこういう水になるのか見てみないと、コピーを書けません。商品化のアイディアも絵に描いた餅《もち》になっちゃいます」

ここぞとばかり勢いこんで言った。

「そうですよ。『とにかく商品に親しめ。現場に足を運べ』って教えてくれたのは、真田さんです」

涼太は力強くバックアップした。

「だな……」

真田が口をへの字にして、泡盛をひとくち飲む。

涼太はコップの水で唇を湿らせて、言った。

「最近の広告はリアルさに欠けるって、いつも言ってますよね。『どうだ。これがほんとの広告だ』って突きつけてやろうじゃないですか。日本のはしっこの島で生まれた類《たぐ》いまれな商品をドカンと有名にしてプレミアムなブランドにしましょうよ。ぼくら広告マンの力の見せどころです」

「たしかにそうだ。いまの広告は強いやつに忖度《そんたく》するばかりだ。金のあるやつが勝てるケンカになっちまってる。ユーモアのレベルも低い。広告ってのは、ほんとは弱いモンの味方じゃなくちゃならん。資本主義の手先になっちゃいかんのだ。金持ちがエラソーにしてる世の中をぶっ壊す。おれはそのために広告をやってきたんだ」

真田は頬を紅潮させて言った。

「でしょ？　でしょ？」

涼太と梨花は互いをちらっと見て、声をあわせた。

「宮古島の澄みきった青空の下であの炭酸水を飲んでもらいたいんです。それに、今はちょうど三人とも仕事がポコッとあいてます。絶好のタイミングですよ」

「AJAがロケハン費用をもってくれるかな……」

真田はかすかに眉《まゆ》をひそめる。

「制作費で落ちないなら、うちの事務所の税金対策で行きましょうよ。まえに事務所が奇跡的にもうかったとき、真田さん、顧問税理士に相談してましたよね」

あっけらかんと梨花が持ちかけた。

梨花のとってきた今度の仕事はとてつもなく大きい。事務所は去年より、はるかにもうかるはずだ。

「そうか、その手があったか……」

真田が顎《あご》をなでながら、うなずいた。

だんだんその気になってきたようだ。

梨花の目がきらりと光り、仲間酒造の炭酸水のネーミングやボトルイメージなどを説明しはじめる。

真田は背すじをしゃんと伸ばし、真剣に話を聞く姿勢になった。

7

風が吹いている。南の風だ。

わた雲が青い空を滑るように動いていく。

空気にみどりの香りがする。光の粒がきらきらしている。

東京はすっかり冬だったのに、宮古島は気温二十五度。夏日だ。

機内で着ていたパーカーを脱いで、Tシャツ一枚になった。頬を過ぎる風が心地いい。

「十二月だってのに、えっれえ暑いじゃねえか」

ダウンジャケットを脱いだ真田は、額に噴き出る汗をハンカチでぬぐい、涼太に八つ当たりする。

横では、真っ黒な半袖《はんそで》シャツとスキニーデニムの、まるでロッカーのような梨花が、まぶしい陽光に手をかざしながら、涼しい顔で空港の外をながめている。

空港ロビー前に到着したワンボックス・ワゴンにピックアップされ、レンタカーの営業所まで向かう。

二ヵ月ぶりの宮古島だ。道沿いの景色も記憶にあたらしい。花もみどりも「お帰り！」と言ってくれているようだ。

真田は「めっちゃ遠いな、まだかよぉ」と不機嫌に口をとがらせている。

そのことばを受けながし、スマホのグーグルマップで現在地を確認した。

レンタカーの営業所は空港のかなり南にある。そのぶんレンタカー料金も安いのだ。

「閉めきってると、息苦しいったら、ありゃしねえ」

真田がパワーウインドウ・ボタンを押す。

「あの……開けると、暑いですよ」

「余計なお世話だ」

ほんとオメエはちまちましやがって、とぶつぶつ言いながら窓を全開にし、「南国の空気は美味《うま》いねえ。たまんないねえ」と深呼吸する。

ちょうどそのとき、対向車線を土ぼこりをたて猛スピードで驀進《ばくしん》するダンプカーとすれ違った。

きめ細かい砂塵《さじん》がワゴンカーのなかにどっと入ってきた。

涼太も梨花もすかさずハンカチで口と鼻をおさえる。

「うわっ……！」

真田がわめいた。

きな粉のような砂の粒子が口に入って、それ以上言葉にならない。咳《せ》きこみながら、あわてて窓をせり上げた。

ダンプカーは引きも切らず、軍用トラックのように連なって、狭い道をわがもの顔に走っていく。

「ほとんど暴力だな」

真田は顔をしかめ、吐き捨てるように言った。

＊　＊　＊

レンタカーの営業所でホンダのフィットを借りて走りだす。

「なんか腹へったなぁ。どっかで美味いもん食わせろや」

真田がいきなり後部座席から大型犬のように身を乗りだし、ハンドルを握る涼太の腕をとって言った。

「危ないじゃないですか！」

「腹が減っては戦《いくさ》はできぬ、っていうじゃねえか」

「真田さん。宮古島は神の島なんです。まず最初に、『しばらく島にお邪魔させていただきます』って神さまにごあいさつしてから、食べもの屋さんですよ」

梨花が真田に向かって、ぴしゃりと言う。

「あいかわらず信心深いなぁ、おまえは……おれ、朝からなーんも食ってねえもん」

「わたしだって、そうです」

助手席の梨花は背すじを伸ばして、昭和のお母さんのように毅然《きぜん》とこたえた。

「ぼくもフリスク二十粒しか食べてませんよ。でも、ここは沖縄出身の梨花さんの言うとおり、まずは神社に行きましょう」

涼太が言うと、梨花が首をふった。

「ううん。神社じゃないの」

「え？　神さまがいるとこでしょ？」

梨花のほうを向いて首をかしげた。

フィットはふらふらっと道の左に寄った。

「ちょっとぉ、ちゃんと、前、見てよっ！」

こんどは梨花が叫んだ。

「す、すんません……」

梨花の額には青筋が立っている。

「沖縄では神社じゃなくて、御嶽《うたき》って言うの」

「へえ、そうなんだ。知らなかった」

「ヤマトではどんどん神さまが消えていってるけど、宮古にはまだまだたくさん神さまがいらっしゃるのよ。そこが宮古のいちばんの魅力。そして怖いとこ」

「こわい……」

「そう。宮古の神さまはとってもパワフルよ。怒らせたら、もう、たいへんっ。涼太クンなんか、オシッコもらしちゃうよ」

「お、おどさないでくださいよ」

弱々しい声でつぶやいた。

「ヤマトじゃ神さまが消えてる……か」

ふたりの会話を聞きながら真田が口をはさんできた。

「まさにその通りだよなあ。昔は『八百万《やおよろず》の神がおわします』なんて言われてたんだがなあ。じゃあ、御嶽にまずお参りしようじゃねえか。それが土地への仁義ってもんだぜ」

そう言うと、窓をするすると開けた。

＊　　＊　　＊

車でしばらく走り、島の中心部・平良《ひらら》港のすぐ近くの交差点を曲がった。

街なかだというのに、大きなガジュマルの樹がうっそうと繁っている。

「宮古島をつくった神さまをお祀《まつ》りする漲水御嶽《はりみずうたき》。島人《しまんちゅ》のこころの拠《よ》りどころだから、ちゃんと礼をつくしてね」

梨花に言われ、涼太も真田も身を縮めるようにして、かしこまった。

「心のなかで、名前と生年月日、生まれ年の干支《えと》、現住所を言って、島のみなさんの健康と平和、五穀豊穣《ごこくほうじょう》と航海安全をお祈りしてください。そして、『このたびは島にお邪魔させていただき、ありがとうございます』と真摯《しんし》に言ってください。かたくるしい作法や決まりはありません。ほんとうに気持ちをこめれば、大丈夫です」

　梨花は、まず、拝所《うがんじょ》の前で一礼した。

　コンビニで買った泡盛の一合瓶をそなえ、手を合わせてお祈《ウートートー》りする。口の中で何かとなえているが、涼太にはその内容がまったくわからない。

　次いで、真田がミネラルウォーターをおそなえして手を合わせ、涼太がつづく。

　あらためて三名で拝所に向かって一礼し、漲水御嶽を離れた。

　道の向こうから少し腰の曲がったオバアがひとり、やわらかい笑みを投げてくる。右手には線香、左手には小さな泡盛の瓶をさげている。

「お邪魔させていただいています」

　梨花がていねいにお辞儀をする。涼太も真田も頭をさげた。

　オバアは皺《しわ》深い顔に微笑を浮かべ、

「島の神さまはあんたがたを受け入れてくれたみたいさぁ」

　やさしく言って、拝所に向かってゆっくりと歩いていった。

　レンタカーに乗りこみ、街なかの景色がサトウキビの広がる風景に変わるまで、三人はずっと黙ったままだった。

「不思議と落ちついたな」

　窓の外をながめながら、真田がつぶやいた。

　その表情はやわらいでいる。御嶽に行くまでのいらいらした様子はまったくない。

「しんとした空間でしたね。時間が止まったみたいで」

バックミラーに映る真田の顔をちらっと見て、涼太が言う。

「よかったでしょ？　まず、御嶽に行って」

「心がスッときれいになった気がしたな」

真田が落ちついた声でこたえた。

――こんな穏やかな真田さん、なかなか記憶にないな……。

おもわず心のなかでつぶやく。

すると、その声が聞こえたのか、真田がどなるように言った。

「でも、早く、どっかで何か食わせろや」

「了解！」

涼太はアクセルをぐっと踏みこんだ。

＊　　＊　　＊

道すがら、宮古そばを食べた三人は、ようやく青崎近くまでやってきた。

集落に入る直前、涼太は車のスピードを落とし、「水」の文字が刻まれた石碑をふたりに教え、石の門をくぐった。

両脇がフクギ並木になり、濃いみどりの影を落としている。開け放った車の窓からはセミの声が大きく聞こえだした。

「村に入ると、ちょっと涼しくなったな」

真田がホッとしたように、つぶやく。

梨花は目の前に連なるみどりの丘を眺めやり、前方をふたりに指でしめした。

「あの丘がクサティの森になってるんだわ」

「クサティ？　何だ、それ？」

すかさず真田が訊《き》く。

「漢字で書けば『腰当』。胡座《あぐら》をかいて座った親が、子どもを抱きかかえてる様子のこと。親のおなかが子どもの腰当《こしあ》てになってるでしょ？　だから、腰当《クサティ》。子どもが親の愛に包まれてる状態のこと」

「なるほど。子どもはすっかり安心しきってるもんなあ」

「クサティの森って、ヤマトで言えば鎮守の森」

「村びとを守ってくれる……？」

「もともと村を建てたご先祖さまが、神さまとして祀られてることが多いの」

なるほど、と真田がうなずき、

「いい言葉だ」

ひとりごちるように言った。

約束の時間より少し早かったが、三人は車をおりて、仲間酒造のドアをノックした。

建物の奥のほうから、はあい、と明るい声がして、足音がパタパタ近づいてくる。

ドアがひらくと、そこには仲間美波のブーゲンビリアのような笑顔があった。

「久しぶりっ!」

そう言うと、涼太の肩をうれしそうにポンとたたいた。

「ちゃんと時刻どおりねぇ。っていうか、ちょっと早いさあね。宮古のひとではぜったいあり得んさ」

さ、どうぞどうぞ、と三人を酒造所のなかに招き入れた。

長い歳月が染みこんで独特の風格を漂わせる蒸留器が、広い空間の中にぽつねんと立っている。

梨花はその蒸留器に向かって、御嶽のときと同じように頭《こうべ》をたれて手を合わせた。

「こんなことしてくれる人、初めてよー。酒の神さまも喜んでくれてるはず」

美波はうれしそうに言うと、こっちこっちと三人を手招きし、応接室のバネのこわれたソファーに座らせた。

ほどなく、仲間秋男が外から帰ってきた。

「お、時間どおりや。さっすが東京の人は違《ちゃ》うわ」

腕時計を見ながら、言う。腕には大きな冬瓜《とうがん》をかかえている。

仲間夫妻は、開口一番、同じフレーズを言った。

——息のあった夫婦だな……。

「そのせつは、たいへんお世話になりました」

最初に涼太があいさつし、真田と梨花、仲間と美波をそれぞれ紹介した。

仲間は真田からもらった名刺をためつすがめつしながら、じいっと真田の顔をのぞきこむようにした。

「真田さん……？」

いぶかしげな声でつぶやく。

「わかるか？」

真田があいさつぬきで、せきこむように訊いた。

仲間はぶしつけなほど、真田の顔や頭部を見つめている。

「おれだよ、おれ。農学部の真田秋幸だよ」

「！」

「そう。あの真田だ」

仲間はなかば口をあけ、眼を見はったまま、言葉が出てこない。

「久しぶりだな」

真田がすっと手を伸ばす。

仲間は呆《ほう》けたようになりながらも、その手を強く握りかえした。

8

部屋には芭蕉《ばしょう》の葉むらを透かした明るい光が満ちている。

美波の出してくれたサンピン茶を飲みながら話をするうち、真田と仲間からは久しぶりに会った照れや気恥ずかしさは徐々に消え、お互いの表情がやわらいでいった。

「……何年ぶりやろう？」

バナナケーキをひとくち食べて、仲間が訊いた。

うーん、と真田は腕を組んで宙をみつめる。

「おれ、四回生の半ばまでは大学にいたなぁ」

「というと、四十年ぶり、いや、それ以上か……」

「あっという間のような、長かったような……」

「髪が薄なったり白なったりしたけど、お互い、顔かたちはなんとか原形をとどめてるよなあ」

「たしかに」真田は苦笑いした。「目つきがまったく変わってねえ。むしろ目力《めぢから》は強くなったんじゃねえか」

茶碗《ちゃわん》を持ちあげ、ずずっと音たててサンピン茶をすすった。

「大学から消えて、その後どうしてた？」

仲間が訊く。

「まあ、いろいろね」

真田は窓の外に生い茂っている亜熱帯の樹々に目をやった。

涼太も梨花も、真田が大学をドロップアウトしたのは知っていたが、いったいどんな理由でやめたのかまるで知らない。どんな人生を歩んできたかストレートに訊くなんて、畏《おそ》れ多くて、できることではなかった。

真田はちょっと眩《まぶ》しそうなまなざしになって、ふたたび口をひらいた。

「……秋だったな。三里《さんり》塚《づか》の闘争に本格的に参加したのは」

「あそこに行ってたのか？」

「翌年の春、成田《なりた》空港がひらく四日前に管制塔に突入したんだ。結局、機動隊に追いつめられてね。おれはかろうじて逮捕をまぬがれた」

「あのシーンはテレビで観てたよ。そうか、あそこにいたんか」

仲間は愉快そうに笑ったが、涼太は目をしばたたかせた。

「あのあと、内ゲバが起こってね。同志と思ってたやつらが信用できなくなって、運動自体に嫌気がさした。その後、いろんなとこをふらついちまった」

真田はふっと自嘲《じちょう》的な笑みを浮かべた。

「お前、研究会のなかでいちばん過激やったもんなぁ」

仲間は真田の名刺を取りあげ、あらためて見つめながら訊いた。

「いまは、こちらのお二人と事務所を？」

「編集や広告制作だよ。多角的に仕事をしないと、なかなか食っていけねぇ」

「うちもアップアップや。以前は、ええ酒をつくってたんやけど……」

仲間は煙草に火をつけると、ふーっと紫煙を吐き出した。「しかし、広告って、お前の嫌いやった資本主義のシンボルやないか」

「トロイの木馬になってやろうと思ったんだ」

「トロイの木馬？」

　仲間が首をかしげる。

「敵のふところに飛び込んで、攪乱《かくらん》してやろうってね。宣伝広告の技術は、商品を売ることだけじゃない。政治屋の世論操作、ナチスや新興宗教の大衆洗脳とか、あらゆるところで使われてる」

「お笑いタレントを花見の会に招いたり、芸能番組に出演して人気取りしてる政治屋がおるな。典型的な宣伝テクニックや」

「おれたちを操作しようとしてるやつらが、どんなノウハウをもってるのか。そこを知りたかったんだ」

「お前の夢みた『革命』が、ちょっと形を変えたってことか」

「コピーひとつで、世界を変えられるかもしれないってね」

「世の中を変えるのは、たしかに、おもろい」

　煙草をくゆらせながら、仲間は自分に言い聞かせるようにつぶやいた。

「デビューして、すぐに広告賞をいっぱいもらってさ。どんどん有名になって、天狗《てんぐ》になっちまったんだ」

「お前の驕《おご》り高ぶる姿が目に見えるようや」

仲間は大きな声で笑った。

「そして、あっと言う間の転落……悲劇と喜劇はコインの裏表ってわけさ」

「人生はアップで見ると悲劇やけど、ロングで見ると喜劇や」

「時間がたってみると、おれ自身も笑っちゃうよ」

「でも、おれたちの関係もそうかもしれん……」

意味深な目つきで仲間が言った。

真田は美波の顔をちらっとうかがい、すこし目蓋《まぶた》をひきつらせ、困った犬のような顔になった。

大学三回生の春、親友だった真田と仲間はハンバーガーショップでアルバイトをはじめた。その店でふたりは可愛い女子大生に出会い、ふたり同時に恋心を抱いた。一年間にわたる恋のさや当てがあり、つきあうことになったのは仲間秋男だった。その直後、真田は三里塚に向かったのだ。

「でも、ぼくも結局、ふられてしもた……」

仲間は唇の端にかすかな笑みを浮かべた。

二人のあいだに、ぎごちない沈黙がおちる。

「もうひとりと、おれと、どうやら天秤《てんびん》にかけてたみたいや」

「えっ」真田が目を丸くした。

「三人を秤《はかり》にかけとった」

「…………」

「おかげで勉強に身を入れて新聞社にも就職できたし。その人脈で沖縄のラジオ局で美波と出会うこともできた。それもこれもご縁やな」

「そうか……」

「ぼくときみの関係も、一種の悲喜劇なわけや」

＊　＊　＊

「まぁ、人生いろいろあるさーねぇ」

美波はあっけらかんと笑って、バナナケーキをむしゃむしゃ頬ばっている。

ふたりの話に耳を傾けていた涼太は、美波のあかるい気配に胸をなでおろしながら、仲間への電話をためらっていた真田を思い出した。

仲間はソファーから立ち上がると、冷蔵庫から炭酸水のボトルを取り出して戻ってきた。

テーブルの上にボトルを置く。

「これやろ？　目的は」

真田事務所の三人に目を向けながら訊《き》いた。

「はい」涼太が笑顔でこたえた。「このまえ送っていただいた炭酸水をふたりに飲んでもらったら、めっちゃ好評で――」

まだしゃべっている途中なのに、梨花が横から言葉を重ねてきた。

「これを販売しないの、もったいないって思ったんです」

美波がグラスに炭酸水を注ぐと、泡の弾《はじ》ける小気味よい音が響いた。海からの風がモクマオウの葉っぱを吹きすぎていくような音だった。

「さ。ひとくち飲んでから、しゃべろうや」

仲間がうながし、それぞれグラスを手に取った。

真田は一気に炭酸水を飲みほし、満足そうに言う。

「現地で飲むと、なおさら美味《うま》い」

「繊細だけどガス圧も強い炭酸水って、なかなかないです」

涼太は真摯《しんし》な面もちで感想をのべた。

「このスパークリングウォーター。すごいパワーを秘めてます」

梨花が自信たっぷりに言う。

仲間はくすぐったそうな顔になった。

「ほんま、ありがとう。で、最初に言っとかなあかんことがあってね……」

三人は聞き耳を立てた。

「じつは……イズミ食品から『炭酸水を商品化しませんか』って話が来てんねん」

「イズミ食品⁉」

三人同時に訊きかえした。

「きみら、イズミ食品と何かあるの？」

仲間はかえって驚いたようだった。

「……すごい世話になったクライアントで」

真田がこたえた。

「ぼくの子どもの頃はカレールウを売ってたんやけど、ミネラルウォーターがヒットして大きな会社になったよね。このまえ、子会社の沖縄イズミの社長と専務がいらして、うちの炭酸水を自分のところで売りたいと言うて帰ったんや」

仲間が経緯を説明したが、なぜか気まずい沈黙が広がっている。

ややあって、涼太が言いよどみながら口を開いた。

「ぼく、以前、イズミで働いていたんです」

「なんというご縁や」

仲間が目をむいたが、次の瞬間、涼太と真田が浮かぬ顔をしているのを見てとって訊いてきた。

「イズミ食品と、きみら何かあったんか？」

二人は口の中でもごもご言うばかりで、いっこうに要領を得ない。

業を煮やした梨花が、横から口をはさんできた。

「ちょっとギクシャクしてるんです」

「なんとなくわかるけどね」

「あの……酒で……」

真田が何か言いかけようとしたが、梨花は表情をかえずに続けた。

「だいぶ前の話ですけど、酔っぱらってひどい事件をおこして、イズミさんから出入り禁止になったんです」

あきれ顔の仲間は、涼太に水を向けた。

「で、きみのほうは――」

「……イズミ食品の宣伝広報部でコピーライターをやってたんです」

「なんでまた、安定したサラリーマンの暮らしを捨ててしもたん？」

「……イズミの不当表示問題が世の中を騒がしたの、覚えてますか？」

うーん……と腕組みし、仲間は首をふった。

「『金剛のおいしい水』という商品の表示が間違っていたんです」

「大阪でいちばん高いといわれる、あの金剛山？」

「ええ。湧き水がとてもおいしいんです。商品を出したときは金剛山水系の水をちゃんとボトリングしてたんですが、販売計画以上に売れすぎて、違う水系の水を入れてしまったんです」

「そら、あかんな」

「ぼくは『金剛のおいしい水』のコピーをずっと担当してました。取水地にも行きました。ボトリング工場の責任者にも会って、どんな環境で水が生まれるか肌身に染みこませ、コピーを書いていました」

「仕事は現場や。現場を知るのは、いちばんたいせつなことや」

仲間は相づちをうった。

「もともとは金剛山の水を、三種類のボトルにつめていたんです。でも、供給が追いつかなくなって、二リットルのボトルだけは東大阪市の井戸水をつめていたんです。CM制作のためにスタッフとロケハンに行ったとき、それを見てしまったんです」

「自然に恵まれたイメージと、まったく違うやん」

「真実を知る人は社内でも限られてました。もちろん社外には、ぼくは一切言いませんでした。でも、金剛山の水を使っていないのに、自然いっぱいのイメージ広告を作っていいのかと思ったんです。そのことを社内会議でも強く主張しました……」

「『隠しといたらええ』って内向きの圧力、すごいやろな」

「ほとんどの人から、あいつおかしいんじゃないか、って白い目で見られましたよ。そのうち、消費者から『味が違う』って電話やメールが入るようになって、やっと会社もヤバイと思うようになったんです」

「でも結局、マスコミで報道されたんやろ?」

「たぶんイズミの誰かがリークしたんでしょう。現場を見た広告スタッフには代理店や制作プロダクションとか外の人もいますから、もちろんその筋から情報がもれる可能性もあります……でも、スタッフはみんな名前もわかっていて自分に嫌疑がかかるから、そんなことしません。長年イズミのために働いてくれて、社員よりむしろ愛社精神は強いくらいです。結局、会社のやり方を歯に衣着《きぬ》せず批判したぼくに疑惑の目が向けられたんです」

語りながら、当時の悔しい思いがこみ上げてきた。

『水神がタレ込んだんじゃないか』

『あいつ、ジャーナリスト気取りだから』

『いつも会社に文句を言ってたからな……』

社員食堂でひとり昼食をとっていると、冷ややかな視線とともに、そんなささやきが聞こえてきた。給湯室の横を通ったとき、それまで笑いさざめいていた女子社員たちが突然おしゃべりをやめたこともあった。

「けっこうアンチがおったんやな？」

「ええ。ぼく、はっきりものを言うんで……」

「でも、倫理的に正しいことを言っていかないと、知らないうちに会社は利潤だけを追求する組織になっちゃうじゃないですか。世の中や人のためにはなりませんよ」

梨花が涼やかな声で涼太をフォローした。

「そうやな。日本のサラリーマンは社会人やなくて、ほとんどが会社人や。社会のためにええのかどうか考えるより、社内でいらん波風立てんように気をつこて、上司のおぼえめでたく出世しようと思てるねん。でも、うちに話をもってきた沖縄イズミの二人はそんな感じやなかったな」

「大きな会社だから、いろんなタイプの人がいるだろ」

「そら、そうや」

「そのふたり、何て名前でした？」涼太が訊《き》く。

「社長が國吉一平《くによしいっぺい》、専務が平良太郎《ひららたろう》って名前やった。涼太クンは面識あるの？」

涼太は首をふった。

「面識はありませんが、國吉さんと平良さんは、イズミの中でも評判のいい人たちですよ」

「そうか……じつは、このあと、お二人にも来てもらう段取りにしてあるねん」

そう言って、仲間は炭酸水のグラスをひと息にあけた。

9

「沖縄イズミとイズミ食品ってどういう関係なん？」

仲間が涼太に訊いた。

「沖縄イズミは、本土復帰前はイズミの沖縄での販売会社でした。いまも子会社ですが、イズミ本社とは予算も別で、小さな独立国みたいな存在です」

「ほう、ミニ独立国か……おもろいな」

反骨精神がにじみ出たような笑みを浮かべた。

「ひるがえって、イズミ本社はどんどん大きくなってます。リゾートホテルやフィットネスクラブ、不動産業、ウナギやサーモン養殖、ファーストフードやゴルフ場経営にも手を伸ばしてます。カジノ参入の噂もあります」

「で、うまいことといってんの？」

涼太は首をふった。

「経営の多角化が成功していないので、じつは、いまの三代目社長・源田《げんだ》和泉《いずみ》はあまり評判がよくないんですよ」

「三代目？」

「イズミは同族企業です。初代と二代目は人望がありました。でも、三代目は甘やかされて育ったおぼっちゃんで、助言や忠告をされるのが大嫌いなんです。二代目のときの番頭さんたちもぜんぶ追い出して、周りをイエスマンでかためてます。で、危機管理能力がなくなって、不当表示問題がおこった。『お友だち』を優遇する悪癖もあって、つまらない連中が媚《こ》びへつらって集まってきてます」

涼太は現状を分析してみせた。

「どこかの総理大臣みたいな話やな。アホのトップを無教養で下劣な閣僚どもが支えてるのと同じやね。そやけど……沖縄イズミの社長と専務はちゃんとしてはったよ」

「本社とはまったくカラーが違いますからね。本社のラインナップにはない独自商品を開発しようと、つねに意気さかんです。沖縄イズミのモットーは『チャレンジ&チェンジ』だそうですよ」

「本社にない製品もたくさん扱ってるの？」

「シークヮーサー・ジュースは、最初は沖縄でしか販売してなかったんですが、評判が本社にまで聞こえて、全国展開することになりました。グァバやパッションフルーツ・ジュースもそうです」

「沖縄にはおいしいフルーツが多いから、大きなアドバンテージがあるね」

「最近は、ウコンの粉末やジュースにも力を入れてますよ」

涼太がひととおりイズミ情報を話しおえると、真田が身を乗り出すようにして仲間に訊いてきた。

「で、ぶっちゃけ、沖縄イズミはどんな話をもってきたんだ？」

「とにかく世界でもまれな炭酸水やと言うてた。硬水の天然炭酸水は、日本ではなかなかお目にかからんそうやね。『ぜひ、販売させてくれ』って何べんも頭をさげたよ。うちの経営状態もよく知っていて、発売後五年間は売上げの七割はうちにくれる。販売費も広告費もぜんぶ沖縄イズミが持ちましょうと。工場設備の改良工事のお金も出しますよって」

「そりゃ、かなり力が入ってる。『売れる』自信があるんだな」

そう言って炭酸水をひとくち飲んで唇を湿した真田は、じつは、とあらたまった口調になった。

「涼太からこの話を聞いたときに、この比類ない炭酸水をできるだけ多くの人に知ってもらいたいと思ったんだ」

仲間は視線を真田にすえたまま、次の言葉を待った。

真田は続けた。

「高品質だけど世の中に知られていない商品ってあるだろう？　そういう商品をおれは広告とデザインの力で、みんなに知ってもらいたい。それこそが宣伝マンの使命だと思ってる。いまの広告はメジャーなものがよりメジャーになろうとしてるのばっかりだ」

「つまらない広告ばかり流れている世の中で、真剣に熱くなれる仕事をやりたいってわけか」仲間はにやりとした。

「そういうことだ」

「うちの炭酸水はまさにぴったりだと」

「まさかお前が発見したとは思わなかった。もちろん商品として面白いものになると直感したから、こうしてやってきた」

「わかった。おもろいやん。うちの宣伝の仕事、やってもらえへんか。社会人として四十年以上生きてきて、お互いに酸いも甘いもわかる年ごろになった。ええタイミングや。おれはこれ以上失うものはないし。沖縄イズミの話にのって、人生最後の賭《か》けにでようと思てんねん。ただし、あくまで沖縄イズミがうちの炭酸水の商品化に正式にゴーサインを出してくれたらの話やけどな」

仲間が真田の目を見すえてそう言った。
真田はそのまなざしをしっかり見返し、黙したまますうなずく。
その頬は心なしか赤くなっていた。

＊　＊　＊

酒造所の表の大きな扉のほうで、何度かノックの音がした。
仲間がソファーから立ち上がる。
隣の部屋にある蒸留器や仕込み槽の横をすり抜け、錆《さ》びついた扉に向かった。
きしんだ音をさせて扉をあける。
光が斜めにさーっと射しこんできた。
男がふたり、シルエットになって立っている。
片方は背が高く、しっかりしたガタイで、もう片方は中背でちょっと太っている。
「お待ちしておりました」
仲間の声がこちらに近づくにつれ、男たちの姿がはっきりしてきた。
冬だが気温が高いので、ふたりはゆったりとした「かりゆしウエア」を着ている。
長身の方は黒い色のかりゆしで渋く決めている。太った方は白地に青っぽい花柄だ。
ふたりが応接室に入ると、涼太はおもわず立ち上がった。真田、梨花もそれにならう。
仲間が互いを紹介する。
長身のがっしりした男が、沖縄イズミ食品の社長、國吉一平。

小太りの若い方が専務の平良太郎だった。

10

「真田秋幸さんのお名前は、以前から存じあげております。『広告年鑑』などの宣伝関係の本はもちろん、『週刊文潮《ぶんちょう》』に連載されていたコラムもずっと読ませていただいておりました」

國吉社長が満面の笑みを浮かべて言った。

色浅黒く、顔の一つひとつのパーツがはっきりしている。どんぐりまなこに鋭い眼光。典型的な南方系モンゴロイドのつくりだ。一見どこかの組長のような怖い顔つきだが、笑うと人の良さがこぼれ出た。

「あの連載、読んでくださってたんですか？　もう覚えている人はほとんどいなくて……。いやあ、うれしいです」

真田は恐縮した様子で頭をさげた。

「さて、と。じゃあ、本題に入りますか」

そう言って、仲間はあらためてソファーに腰をおろした。

國吉社長がテーブルを囲んだ人たちの顔を見回して、おもむろに口をひらく。

「仲間さんの炭酸水は、来週、うちの重役会議で最終的に販売が決まります。社長のわたしが強く推しているので、だれも反対する者はおらんでしょう。そこのところはご安心ください。沖縄イズミは一枚岩ですから」

平良専務が國吉社長の言葉をひきとった。

「うちでは軟水のミネラルウォーターを販売していたんですが、これからのマーケットを考えたとき、何か付加価値のある水を、ということになりました。付加価値といっても、レモンの香りの水とかではなく、湧きだした水そのものに、いままでにない価値があること。それが大事だと思うんです」

ふたたび國吉社長が口を開く。

「日本で売られているミネラルウォーターのほとんどは軟水です。でも、食生活が洋風化し、動物性タンパク質や脂肪分の多いものになるにつれ、硬水を飲む環境がととのってきました。ダイエットのためにコントレックスを飲むモデルさんもいらっしゃいますが、もっとふつうの人がふつうに飲める硬水が大切です。硬水の天然炭酸水は健康にもよいというデータもあります。そんなときに青崎で炭酸水が湧きだしたわけです」

「もともと沖縄の水は硬水ですよね」

涼太が言う。

「硬度を低める処理をして水道水をつくっているところもあります」

國吉社長がこたえる。

「宮古島には水を量《はか》り売りするウォーターースタンドがあるよ。ペットボトルや大きな容器をもって買いにいくねん」

　仲間が言いそえると、平良がつづけた。

「量り売りの水には逆浸透膜《しんとうまく》で漉《こ》したのもあります。いわゆる『きれいな水』ですが、不純物はもちろんミネラル分も漉しとられてしまって……」

「きれい＝おいしい、ってことじゃないですもんね。仲間さんの炭酸水はおいしくて、かつヘルシー。日本では画期的なものだと思います」

　涼太の言葉にうなずいた真田は、両膝《りょうひざ》に手をおき、背すじを伸ばした。

「アドマンとして、いい商品と出会えるかどうかはご縁です。この炭酸水との出会いは、ほんとに幸運だと思ってます。ぜひ、新発売キャンペーンにうちの事務所を使っていただけませんか。広告人のプライドをかけ、企画提案をさせていただきます」

　國吉と平良に向かって、深々と頭をさげた。

「真田さんに頭をさげてもらうなんて、滅相《めっそう》もない。こちらこそ、広告界のスターにディレクションしていただけるのは光栄です」

　國吉は大きな身体を縮こまらせた。

「広告スタッフのキャスティングは、沖縄イズミさんが本社から任されてるんですか？」

　仲間秋男が沖縄イズミの二人に訊《き》いた。

「では、わたしから、うちの広告制作システムについてひと言申し上げておきますね」

　平良がおもむろに切りだす。

「沖縄イズミの開発した商品につきましては、クリエイティブやメディア戦略のすべて、わたくしどもが采配《さいはい》をふらせてもらっています。ただし商品が全国展開になったときは、イズミ本社の決裁をあおがねばならないんです」

「沖縄で売ってるぶんには、本社はうるさいことを言ってこないわけですね」

仲間が念をおした。

「ええ。すべてうちの決裁です」

「……イズミから煙たがられているぼくや涼太が仕事するのって、大丈夫なんですか？」

真田が意を決したように訊いた。

こんどは國吉社長が落ちついた調子で口をひらいた。

「おふたりが本社とどれだけトラブルを抱えていらっしゃろうとも、まったく関係ありません。炭酸水が売れさえすればいいんです。もちろん良いイメージのもとにです。わたしたちが求めているのは結果だけです」

言い終わると、ニコッと愛嬌《あいきょう》のある笑みを浮かべた。

＊　　＊　　＊

「そういえば、涼太クンたち、まだ青崎をちゃんと見てないさねぇ。ちょこっと村の中を歩いてみようかね。何にせよ、シマの空気になじむのがたいせつさぁ」

美波の言葉にみちびかれ、真田事務所の三人は、フクギがみどりの影をおとす道に出た。

両側の家々は石垣に囲われて、静かなたたずまいを見せている。

ときおり小鳥のさえずりも聞こえてくる。

サンゴの砂を敷きつめた白い道は、ゆるやかなカーブをえがき、ときにY字路やT字路になっていた。

トカゲの子どもがからだを左右にふりながら、ちょろちょろ横切っていく。ブーゲンビリアの花が石垣から鮮やかな色を見せている。

家の庭ではオジイがひとり、鼻歌をうたいながら魚の網をつくろっていた。アカバナーの咲きみだれる隣の家では、オバアが首からエプロンをかけ、中年の女性に髪をカットしてもらっている。

オバアと目があった涼太は、おもわず「お邪魔してます」とあいさつした。

オバアはあどけない笑顔をみせ、「んみゃーち」と言う。

美波は、「おばあ、また来るからよー」と手をふった。

汗ばんだ肌に、風が気持ちよく吹きすぎていく。

道の右手には低い丘がつづいていた。あかるいみどりの生《お》い茂るその丘のふもと、森に抱かれるように青崎集落は広がっている。

「森はご先祖様のいらっしゃる神聖なところさ。ご先祖様がわたしたちを赤ちゃんのように慈《いつく》しんで守ってくださっているわけさぁ」

美波は小高い丘に向かって進んでいく。道は人ひとり通れるほどの狭さになり、丈高《たけたか》いガジュマルの木立が左右から覆いかぶさってきた。

けっこう急な傾斜だ。日ごろ運動不足の涼太は、息が上がりはじめる。しばらくのぼると、丘の頂きが見えた。そこは開け放たれて、広場のようになっている。

美波は、めぐらされた石垣のそばまで行った。

「ここは遠見台《とおみだい》って言うんだ。さ、こっちこっち」

海からの風に髪をゆらしながら涼太をやさしく手招いた。

少し行くと、いきなり視界が大きく開けた。

「！」

息をのんだ。

石垣の向こうには目のさめるようなエメラルドグリーンの海が広がっている。

見ているだけで、炭酸水を飲んだような気分になる。

沖合には美しいコニーデ型の小さな島が見えた。

「大神島《おおがみじま》さ」

美波がささやくように言う。

周りでは勢いよく伸びた植物が、肉厚の葉っぱを強い日射しにてらてら光らせている。

「すごーい！」

後から上がってきた梨花のはずんだ声が聞こえてきた。

最後に丘にのぼってきた真田は汗をふくのも忘れ、呆然《ぼうぜん》と見とれているようだ。

「空気がめっちゃおいしいっ」

風に吹かれながら、涼太は腹の底から声をだした。

石垣にもたれて下をのぞくと、そこは急峻《きゅうしゅん》な崖《がけ》だ。海がすぐ下まで迫っている。

「リーフにぶつかる波の音が聞こえるよ」

梨花があかるい声で言った。ほがらかな彼女を見るのは久しぶりだ。

美波がほほえむ。

「向こうに見える大神島はちょっと特別な感じがします」

梨花が沖合の三角形の島を指さした。

「そうさ。ほんとに神聖な島さ」

「わたしの育った沖縄本島の、斎場御嶽《せいふぁーうたき》から見る久高島《くだかじま》みたい。久高島も神さまの島だし、斎場御嶽も最高に神聖な場所だし……」

「この丘は、青崎では神の山《カンヌヤマ》と言われているさ。この森は畏《おそ》れ多い場所。大事なお祭のときに神女《ツカサ》たちがこもって神歌をうたってお祈りをしたさね。いまはもうツカサが少なくなって、お祭ができなくなってしまったよ。長いあいだ歌いつがれてきた青崎の神話や歴史がここで途切れてしまうんだ……」

美波はちょっと肩を落とした。

「宮古の神さまもどんどん島を離れていってるんですね」

梨花が眉《まゆ》をひそめる。

「ここは青崎の人たちが最初に定住したところさ。近くに流れ着いた人が、水を求めてここまでやって来たって神歌でうたわれているよ」

美波の話によると、人びとは窪地《くぼち》のたまり水や岩陰の泉を見つけていったが、それぞれ一長一短あってなかなか満足できず、ようやく、この崖下にある良質な湧き水を発見したのだそうだ。

磯の近くにあるので磯の井戸《イスガー》と名づけ、その水を頼りに、人びとはこの神の山に住んだのだ。

「青崎の歴史は水を探す長い旅さ。そんな青崎に炭酸水が湧きだしたのは、きっと神さまからのプレゼントさね。だから、この水をみんなに知ってもらいたいさ」

美波がぽつりと言った。

11

神の山から下りてくると、美波は青崎集落の入り口に建てられた「水」の石碑のそばにある井戸まで三人を案内した。このまえ取材に来たとき、涼太が手を合わせたあの井戸である。

こんもりと繁ったテリハボクのかげに入ると、美波が口をひらいた。

「この井戸の前で祭祀《さいし》を行うさ。わたしの母方のオバアは、むかしは『水の主』という神女《ツカサ》だったさ。ここでお祈り《ウートートー》していたんだよ」

「そのころもこういう井戸だったんですか？」

　涼太が訊いた。

「ううん。もともとは降り井《ウリガー》さ。階段が二十段あったって。朝日が上る前から順番待ちしたそうさ。青崎の人たちの生まれ水（産湯）や死に水（末期《まつご》の水）になる、とっても大切な井戸だったよー」

「で、そのウリガーっての、いま宮古島で見られるところはないの？」

　真田が美波にたずねた。

「たくさんあるよ。じゃあ、おすすめのウリガーに行こうねえ」

　美波は涼太たちをワンボックスカーに乗せると、アクセルを踏みこんだ。

「そうそう。言い忘れてたけど、青崎はこの車と同じようにハイブリッドな集落なわけさ。知ってた？」

　ハンドルを握る美波が言う。

「ハイブリッド？」

　涼太がけげんな顔をする。

「いろんなひとが混じりあってるからよー」

「え？　どういうことですか？」

「青崎は四つの民族の血が混ざっているわけさ」

「四つも？」

梨花も不審な目をした。

「平家《へいけ》の落人《おちゅうど》、中国大陸や台湾からの渡来人、沖縄人、そして、もともとの宮古人」

「へいけの、おちゅうど？」

涼太は素《す》っ頓狂《とんきょう》な声をだした。

「大陸や台湾、沖縄本島から来るのはわかる。しかし……平家の落人が……遠く壇《だん》ノ浦《うら》から落ちのびて来たなんて……ほんとか？」

真田は眉間《みけん》に皺《しわ》をよせた。

「そういう伝承があるよー」

美波は笑いながら、明るい光の中をゆるいカーブをきっていく。

「平家の末裔《まつえい》っていわれるおうちの本家には、古い日本刀やかんざし、古文書《こもんじょ》も伝わっているさ。つい最近まで平家一門の男子の名前には、どこかに一文字『平』をつけていたよ。大神島に面した青《あお》の浜《はま》に平家が漂着したって言いつたえがあるさ」

美波は注意深く運転しながら言った。

「青の浜？」

涼太が訊《き》く。

「ほら、さっき遠見台から見下ろしたビーチさ」

＊　＊　＊

さきほどまで晴れわたっていた空に、灰色の雲がにわかに広がった。光も影も失われ、ものの輪郭がぼんやりして、土の匂いのする湿った風も吹いてきた。

美波の運転するワンボックスカーは、丘陵沿いの曲がりくねった道をのろのろ走って、苔《こけ》むした石碑の立っているところでエンジンを止めた。

車をおりた美波について行くと、大きな穴が地底に向かって開いていた。入り口の直径は五メートルはあるだろう。石灰岩が雨水で削られてできた洞窟《どうくつ》だ。周りにはガジュマルやアコウの樹が生い茂り、放射状に広がったオオタニワタリの葉っぱが誘うように風にゆれている。

「ここは与那覇《よなは》アマガーって井戸さ」

美波はそう言うと、先に立って洞窟のなかにずんずん入っていった。

琉球《りゅうきゅう》石灰岩《こうばい》を削ってつくった階段を慎重におりていく。勾配はかなりきつい。

左手は石灰岩の壁。右手にはサンゴの石を積み上げた手すりがつくられている。石灰岩の階段は滑りやすい。足もとに注意しながらゆっくりおりていく。洞窟の天井からは鍾乳石《しょうにゅうせき》がつららのように何本も垂れさがっている。うっかりすると頭をぶつけてしまいそうだ。

手すり越しの右手に、深くて広い洞窟が見えてきた。

「まるでイザナギの冥界下《めいかいくだ》りだな……」

おそるおそる歩をすすめながら、真田がぼそっとつぶやく。

十五メートルほど下ると、踊り場があり、石段はさらに洞窟の底に向かっておりている。

かすかな風が頰をなでていく。

ちょっと鳥肌がたった。

振りかえると、梨花もさすがにおびえたような顔をしている。

うつろな空間には葉ずれの音と小鳥のさえずりだけが聞こえ、ときおりガジュマルの木の葉がスローモーションのようにゆっくりと落ちていく。

さらに下ると、闇の気配が濃くなった。

左右には、石筍《せきじゅん》や石柱が卒塔婆《そとば》のようにそそり立ち、仄白《ほのじろ》い石の花が咲いている。

洞窟のいちばん奥まった所に水面が見えた。

かすかに揺らめいているのは、地下水が湧きだしているからだろう。

水辺に小さな祠《ほこら》があった。

美波がひざまずいて手を合わせる。涼太と梨花も彼女にならった。

鍾乳洞のつらら石から落ちる水滴の音が、きれぎれに聞こえてくる。

祈りおえると、洞窟の中に一条の光がさしこみ、その光のなかを二匹の青い蝶々《ちょうちょう》がひらひら舞っていた。

「あ、蝶々《ハベル》だ」

美波が片頰にえくぼをつくって微笑《ほほえ》んだ。

「この世のものとはおもえんな……」

真田が放心したようにつぶやいた。

「ハベルはあの世とこの世を往《い》き来《き》してるのさ。この『あわい』からいただいた水が、ほんとうの生命の水になるんだよ」

二匹の蝶々は洞窟の上に繁茂するガジュマルの葉むらに向かってふわりふわりと飛んでいった。

＊　＊　＊

「サンゴの骨が石灰岩になるさね」

美波が洞窟の壁をやさしくなでながら言う。

「石灰岩に漉《こ》された水ということは、島の骨がこの水にたくさん入っているんですね」

涼太が相づちをうった。

「わたし、生まれたときから、骨の水のお世話になってます。産水《ウブミジ》は嘉手納の井戸《カー》の水だし、元旦《がんたん》にはじめて飲む若水《ワカミジ》も井戸の水。若水を飲むと、若返るんですよね？」

梨花が訊く。

「そうさ。こんな話が島に伝わっているさ」

美波がおもむろに口をひらいた。

「むかしむかし、島にひとが住みはじめた頃のことやっさ——」

太陽の神さまと月の神さまは、人間に永遠の命を与えようと、ひとりの若者に二つの水桶《みずおけ》をになわせて、下界につかわしたという。

一つの桶には永遠の命をつなぐ『スディ水（再生の水）』。

もう一つの桶には、死んで再生できない『スニ水（死の水）』を入れてあった。

神さまは、人間にはスディ水を浴びせ、永遠に再生していく命をあたえ、蛇にはスニ水を浴びせようと考えていた。

若者は水桶をかついで天から地上までの長い道のりを下ってきたが、あまりに疲れてしまい、ちょっと休憩した。

ところがその間に、一匹の蛇がするするとやって来て、人間に浴びせるために持ってきたスディ水の桶にすばしこく入り、水をじゃぶじゃぶ浴びてしまった。

若者は驚いて、「蛇の残り水を人間に浴びせることもできないし……。仕方がない。人間には申しわけないが、まだ誰も使っていない水ならいいだろう」と、人間にスニ水を浴びせて天上に帰ったのだそうだ。

「若者はことの次第を神さまに報告すると、神さまはたいそうお怒りになった。『人間に永遠の命をさずけようとしたのに、おまえの不覚でそれもできんようになった。お前はこれから宮古の島と人のあるかぎり、ずっと水桶を持ったまま月の世界で立っておれ』と言いつけたんだそうよ」

そう言って、美波がにっこりした。

「スニ水を浴びたから、人間は死なねばならない運命になったということですか」

涼太が訊いた。

「そうさ。逆に、スディ水を浴びた蛇は、脱皮を繰りかえして長生きするようになったわけさ。スディ水のスディは、『スディル』って宮古の言葉から来てるさね」

「スディル？」

「脱皮したり、巣立ったり。新しく生まれ変わるって意味さ」

美波がこたえて、そうそう、そのあとの話なんだけど、と続けた。

「月で水桶をもったまま立たされている若者は、人間にほんとにすまないことをした、と反省したさ。で、なんとか人間に生き返りの道を見つけようと、新年の夜にスディ水をくんでは柄杓《ひしゃく》でまき散らすようになったんだって。それが若水になっているわけさ」

12

「リ、リゾート・ヴィラ!?」

涼太の声が裏がえった。

手に持ったグラスから、思わずブルックリンラガーがこぼれた。

真田秋幸はギネスを口もとに運びながら、苦々しげにうなずく。

ふたりの頭上には抜けるような青空が広がり、隅田《すみだ》川の向こう、西の空の端には真っ白な入道雲がまぶしく輝きながらそびえ立っている。

八月中旬の午後。

涼太は、事務所からほど近い深川常盤《ときわ》町の酒屋の店頭で、空いた菰樽《こもだる》に座って、真田と生ビールを飲みはじめたところだった。

「仲間から電話があってさ。イズミ・リゾートっていうイズミ食品の子会社が、青崎にコテージタイプの高級ヴィラを作ろうとしてるらしいんだ……」

真田は低い声でつぶやくように言った。

近くの樹にとまったアブラゼミがジージーと暑苦しい声で鳴きたてている。

真田事務所の三人が宮古島で仲間秋男や國吉社長と会ってから、すでに八ヵ月がたとうとしていた。

お盆休みの下町は車の量も少なく、道もゆったりしていて空気もきれいだ。午前中から三十五度をこえる猛暑日だった。酒屋の前の通りには街路樹が濃い影をつくっている。路地から出てきた三毛猫が、こちらを振り返りながら、道を静かに横切っていった。

去年の末、青崎から東京にもどった涼太は、さっそくAJA主催の宮古島ツアーの企画書を書き、それもつつがなく実現し、好評を博した。

梨花も現地に行ったおかげで、「ミヤコ炭酸水」（という正式名称になった）の広告プロモーション案をリアルなイメージで作りあげ、春には、パワフルな新発売キャンペーンを実施できた。

そして、沖縄のみで発売されたミヤコ炭酸水は、二週間もたたぬうちに、想定外のスピードで人気に火がついた。

最初は泡盛を置くバーだった。

「ミヤコ炭酸水の泡盛ハイボールは、一味ちがう」というクチコミが燎原《りょうげん》の火のように燃え広がったのだ。

沖縄の一流バーテンダーがこぞって、「炭酸のきめ細かさと腰の強さ」をミヤコ炭酸水の特徴だと喧伝《けんでん》し、「この炭酸水は沖縄の誇り」と太鼓判を押したのが大きかった。

やがて、その美味の神話はソムリエや居酒屋の大将たちにも飛び火していった。

酒屋の店主、飲食チェーンの経営者など、酒類業界の関係者にミヤコ炭酸水のサポーターは急速にふえていった。

その人気はネットやSNSでますます拡散し、本土の消費者からも問いあわせのメールや電話が沖縄イズミや仲間酒造に殺到。発売一ヵ月後には商品の生産が追いつかなくなり、出荷調整をするほどになった。

イズミ本社は、沖縄のみで発売されたミヤコ炭酸水の予想以上の売れ行きに驚いた。

と同時に、ここは打って出るチャンスとふみ、「早急な全国発売を」という声が社内であがった。

パッケージもワンウェイの美しいガラス瓶からペットボトルに変更して価格を安くし、ほどほどのプレミアム製品として売りたいむねを沖縄イズミに打診してきた。

しかし國吉社長は、「これは沖縄の地域産品であり、中途半端な似非《えせ》プレミアム製品として売りたくない」と拒否。

全国からの要望にはネット販売で対応することにした。

仲間秋男も美波も國吉社長の方針に賛同し、イズミ本社も全国展開をしぶしぶ断念。

発売後ほぼ半年がたって、どうにかミヤコ炭酸水独自の販売方法やマーケティング戦略が軌道に乗りつつあるところだった。

そんな折に、イズミ・リゾートの進出の話が降って湧いてきたのだった。


「いったい青崎集落のどこに、リゾートを造ろうとしてるんですか？」

涼太はビールのグラスを置いて、真田に向かって訊《き》いた。

「神の山を越えた向こう側に、大神島に面したビーチがあっただろ」

日射しをはね返す道をまぶしそうに見て、真田が言った。

「青の浜でしたっけ」

「そう。あそこに、七部屋だけのコテージ風ヴィラを造る計画らしい」

「え？　七つ？　たった、それだけ……？」

「都会人の秘密の隠れ家にしたいそうだ」

真田は鼻で笑った。

「ホテルとしてペイするんですか？」

「宿泊費をかなり高く設定してるらしい。一泊ワンルームで二十万円だそうだ」

「に、二十万円？」

涼太は言葉を失ってしまった。

「いま、宮古島や伊良部島で小さな高級ヴィラが流行《はや》ってるだろ。あれだよ、あれ」

「そんなところに泊まりに来る人って、それほどいるんですか？」

「TVで観たんだが、伊勢志摩の離れ島にある寿司屋《すしや》に東京からヘリコプターで食べに行くやつがいるくらいだぜ」

「東京からヘリで……」

またしても二の句が継げなかった。

「なんでも入会金が二百五十万円。年会費は三十六万円らしい」

「二百五十万円!?」

涼太はひと呼吸おき、ブルックリンラガーを飲んで、心を落ちつけた。

「……日本人の二割は、年収二百万円以下だそうですよ」

脱力感のあとに、得体のしれない怒りがふつふつと湧いてきた。

「その寿司屋のある島は、月七万円の年金で暮らす高齢者ばかりの限界集落だそうだ」

「…………」

「残念ながらいまのこの国は、アホみたいに儲《もう》けてるやつと、おれたちみたいにカツカツでやってるやつと、思いっきり二極分化してるんだ」

真田はシニカルな笑みを浮かべながらマールボロに火をつけた。

「金のあることがステータスで、幸せのバロメーターだと思ってるやつが、いっぱいいるんだよ」

そう言って、紫煙をゆっくりふかした。

「でも、お金は……必要じゃないですか」

「そりゃ、そうだ。生きていくには金は必要だ。だがな、人生ってのは、それだけじゃねえ。お前だってそんなこと、わかってるだろ。人間は食うためだけに生きてんじゃねえ。音楽とかアートとか、ちょっと見、なんの腹の足しにもならねえ文化ってやつが、人間にはとても大切なんだ。おれたちのやってる広告なんかも、その一ジャンルだ」

真田はギネスのグラスを傾けながら、上目遣いに空を見た。

さっきから雲行きがあやしくなっていたが、にわかに雨がぱらぱらと降りだした。足もとのヤツデの葉がリズミカルな音をたてはじめる。

ひさしが張り出しているおかげで、ふたりは雨に濡《ぬ》れることなく、雨脚で白く煙りだす街の景色をじっと見つめていた。

「お前といると、なぜか雨が降ってくるな」

上唇にギネスの泡をつけて、真田がうれしそうに言った。

あっという間に目の前の風景がかすんでいく。水のにおいもしてきた。からだを傾けて大慌てで走りだしていく人がいる。

ねっとりとした炎熱をぬぐい去るように、雨は豪快に降りつづけている。

「江戸っ子みたいに、気っ風のいい雨ですね」

涼太が言うと、真田はうれしそうな顔になった。

「いいねえ。雨のしぶきを浴びながらビールを飲むってのは。やっぱ、ビールは外で飲むにかぎる」

「ここは、大川《おおかわ》と小名木川に囲まれてるのがいいですね」

「深川は宮古島と違う意味で、水のシマだ。しかし、お前、よくよく水に縁があるな。大阪で生まれ育ったからかな？」

「そういえば、大阪から移り住んだ深川八郎右衛門《ふかがわはちろうえもん》って人がこのあたりを開拓したんですよね。だから、どこか大阪に似てるのかもしれない」

細胞に染みこんだものって、たしかにある、と真田が涼太の言葉をひきとった。

「さっきの話にもどるんだが、青崎にそんな高級ヴィラを造ろうとした理由も、『水』なんだとよ」

「水？　宮古島の水ですか？」

「そうだ。ミヤコ炭酸水だ」

「天然炭酸水とヴィラ？」

「ミヤコ炭酸水は宮古島の大いなる自然の象徴だろ？　イズミ・リゾートとしちゃあ、炭酸水と宮古ブルーの海を目玉に、美と健康のプレミアム・ヴィラというコンセプトを思いついたらしい。いかにもマーケティング屋の考えそうな、うすっぺらなコンセプトだ」

涼太は、なるほど、そういうことですか、と相づちをうった。

「たしかに青の浜に立つと、エメラルドグリーンの海を独り占めしてるような気分になりますもんね。ぼくもあそこに行ったとき、海をながめながらひと月ほどのんびり暮らしたいなあ、なんて思いましたもん。リゾート開発しようと思ってる人間なら、ぜったい目をつけそうな土地ですよね」

「宮古島のほとんどの海岸線は手をつけられちまってるからな。まだ手つかずのビーチといえば、青の浜だそうだ」

真田が渋い顔をして言った。

「伊良部島なんて、空港ができてから、浜に面した土地は本土の企業が買い占めてホテルを建てまくり、海は完全にリゾート客のものになってますからね」

「ったく、ひでえもんだ。しかし……青の浜はアクセスが悪いのに、よくもリゾートなんか造ろうと考えたよな」

「ほんと、そうですよ。遠見台からあの浜までは、かなりの断崖《だんがい》ですもん」

横風にあおられて雨粒が数滴、ギネスのグラスに入ったが、そんなことは気にせずグッと黒ビールを飲んで、真田は口をひらいた。

「あんなに静かな集落で、建設工事なんかやられた日にゃ、たまったもんじゃないぜ。でもな、政治家にしても企業のやつにしても、金のことしか頭にない連中は、何するかわかったもんじゃねえ」

真田のことばに、涼太はイズミ食品時代のことを思い出した。

部長の家の引っ越しがあるといえば、命じられたわけでもないのに自ら手伝いにいったり、会議では課長の顔色をうかがって忖度《そんたく》発言を繰りかえしたりと、ひたすら己《おのれ》の出世のために働く輩《やから》がいた。

あからさまにゴマをすらなくても、会議では上司の意見にぜったい逆らわず、減点評価されぬよう汲々《きゅうきゅう》と生きる同僚は掃いて捨てるほどいた。

学生時代はそんなのはドラマの中だけだと思っていたが、世の中に出てみて、サラリーマンのバカバカしい言動は現実に存在するんだとわかった。なんせ総理大臣がアメリカの大統領に忖度して、要りもしないトウモロコシや武器を大量に買いつける国なのだ。媚《こ》びへつらいの空気は、この国全体に蔓延《まんえん》している。

金のために生きるやつは、何をするかわからない……。

涼太はため息をもらした。

雨脚はいつしか弱くなっている。

小ぬか雨をながめながら、涼太はブルックリンラガーをごくりと飲み、濡れた街の景色をぼんやり見ていたが、やがて口をひらいた。

「水といえば……青の浜にヴィラを造ったとしても、飲み水や生活用水はいったいどうするんでしょう？」

そう、そこなんだ、と真田も首をひねった。

「それでなくてもホテルやマンションがふえて、島は水不足になってるだろ。げんに来《くり》間島《まじま》や伊良部島では断水もたびたび起こってるそうじゃねえか。リゾートを造るとすれば、新しい井戸を掘るか、青崎まで来ている水道を引っ張ってこなくちゃならん」

細い雨がしめやかに街をつつんでいる。

――この雨水を、宮古島の人たちは地下に貯めているんだ。でも……。

「井戸を掘るにしても、いま水不足の島にそれだけの地下水の余裕があるんですかね？ホテルは想像を絶するほど大量に水を使いますからね。自宅では水道代を気にして使うひとも、ホテルではシャワーは出し放題、バスも入り放題。まさに湯水のごとく使います。それに、いちばん大事なポイントは、地下水系がちゃんと青の浜にあるかどうか。それがわからないと掘るに掘れないですよね。目玉にしようとしてる炭酸水だって湧く保証がないでしょう？」

涼太が釈然としない顔で言った。

「炭酸水が湧かなくたって、仲間の所からボトル詰めしたものを運べばいいんじゃないのか。なんといっても、いちばんの問題は、青の浜に生活用水を供給できるかどうかだな」

「浜の近くには、青崎に人が住みはじめたときに発見された井戸があります。でも、いまはそんなに湧きだしていないでしょ？」

「はたして、地下水系は、青の浜まで続いているのかな……」

吐息をついて、真田は足を組みなおした。

「イズミ・リゾートは、水をあつかうイズミ食品の子会社です。そこまでちゃんと調べてますよ」

涼太が言うと、

「たぶん、そうだろうな」

真田がむずかしい顔になってこたえた。

＊　＊　＊

雨はすっかり上がり、西の空に残されたちぎれ雲がほのかに赤く染まりはじめている。

真田は三杯目のドラフトギネスに口をつけ、

「そうだ。言い忘れるところだった」

とつぶやいてグラスを置いた。

涼太はナッツをかじりながら、真田のほうを向く。

「仲間んとこにイズミ・リゾートの若い担当者から、偉いさんと挨拶《あいさつ》に来たいって電話があったそうだ。そいつ、お前のことをよく知ってるって」

真田は、意味ありげに、にやりと笑った。

涼太はナッツをのどにつまらせ、せき込んだ。

「だれだろう、そいつ……」

「たしか一色《いっしき》だったたっけな？　ガキのころに好きだった『0戦はやと』って漫画に出てきた名前だった。だから覚えてる」

「一色……」

涼太は顔をくもらせた。

イズミ食品時代の涼太の同期で、いまは宣伝課長をつとめている男の苗字《みょうじ》が、一色だった。涼太の人生で出会った一色はかれしかいない。入社以来、ある時期まで互いに親友だと思っていた男である。

そう、あのときまで……。

「なんか小腹が減ってきたな。そろそろ河岸《かし》を変えるか」

真田がそう言って、薦被《こもかぶ》りの樽《たる》から立ち上がったが、涼太はすぐには反応できず、足もとの一点をぼんやり見つめていた。

13

日は傾いていたが、お盆休みということもあって、「周平」の店内はさほど混んではいなかった。帰る故郷のない中高年の男たちが、TVの野球中継を見ながら、コップ酒やビールをおもいおもいに傾けている。

「らっしゃい！」

コの字型カウンターの中から元気のいい声が飛んできた。

真田について奥に行き、いつものカウンター席に座る。

「お飲みもの、何しましょ？」

つるつる頭の大将がニコッとした。

「そうだなあ……端《はな》から酒といくかな。あと……冷《ひ》や奴《やっこ》とゴーヤーのおひたし、もらえる？」

真田が目尻《めじり》に皺《しわ》を寄せて言った。

大将は涼太のほうを向いて、目顔で、どうします、と訊《き》いてくる。

「宮古泉のハイボール、お願いします」

「はーい。ミヤコ・ハイボール一丁っ」大声で、注文を通す。

「ミヤコ・ハイボール？」

涼太は自分の耳を疑うようにつぶやいた。

焼き場にもどった大将が胸をそらすようにして、

「いいっしょ。この名前」

焼き鳥をリズミカルにひっくり返しはじめた。

「よく出てんのかい？　それ」

煙に目をしばたたかせながら、真田が訊く。

「いや、すごいのなんの。この炭酸水と泡盛の組み合わせ。お気に入りのお客さんがいっぱいいるんだよね。とびっきり美味《うま》いって評判だよ。わたしゃ下戸《げこ》だから、もひとつわかんないんですがね」

鶏《とり》の焼け具合を真剣なまなざしでチェックしながら大将がこたえた。肉の焦げるいい匂いがカウンターのこちらにも漂ってくる。

「でも、炭酸水の値段、ちょっと高いって言われません？」

涼太はわざと否定的な意見をぶつけてみた。

「いやいや、そんなこたぁ、ねえっすよ」

大将が大げさに首をふった。

「高いったって、んなもん、炭酸水でしょ。たかがしれてるじゃねえですか。この炭酸はね、ちゃあんと値段に見合ったはじけ具合がいいんですよ。人気の樽づめ強炭酸の、あのパチパチッて感じもありながら、でも、味わいもしっかりしてる。小股《こまた》の切れ上がった感じ。妙に色っぽくて、いいんじゃねえっすか。わたしは酒は飲めねえが、炭酸のことならわかりやす」

大将は焼き鳥を秘伝のたれにトポントポンとつけていく。

「そんなふうに言ってもらうと、めっちゃうれしいなぁ」

この店にミヤコ炭酸水を最初に持ち込んだ者として、ちょっと鼻が高かった。

アルバイトの男の子が、「はい、ミヤコ・ハイボール！」とカウンターの向こうから大きめのグラスをさしだし、続いて菊正宗のぬる燗《かん》二合徳利を真田の目の前に置いた。

真田は自ら猪口《ちょこ》に酒を注ぎ、

「ミヤコ・ハイボールなんて言われるようになるとはなぁ」

感慨深げに言うと、涼太に向かって杯を目の高さにあげた。

気持ちのはやった涼太は、グラス三分の一ほどをのどを鳴らして一気に飲む。

冷えた泡盛と炭酸の刺激が絶妙だ。炭酸水のほのかな苦みがいい。

島の石灰岩層をとおってきたおかげで、水がいい感じに硬くなっている。

つきだしのアサリのしぐれ煮を口に入れ、もうひとくちミヤコ・ハイボールを飲んだ。アサリの苦みと炭酸がうまくマッチしている。これなら、レバーやモツにもぴったりだ。と、そのとき「周平」の壁にかかった古い柱時計が六時の鐘を打った。

同時に、縄のれんがゆらりと揺れ、背をかがめて男がひとり入ってきた。

涼太は、グラスを持ったままフリーズした。

おもわず目が合い、あわててグラスを置いた。

席から立ち上がってペコリと頭をさげる。

真田は口元にもっていった杯ごしに仲間を見つけ、素早く酒を飲みほすと、「こっち、こっち」と手招きした。

とつぜんあらわれた仲間にまったく驚いていない。

仲間が、よっこらしょっ、と丸椅子に腰をおろした。

「泡盛のロック」

大将に大きな声をかけながら、「どうしたん？　えらいびっくりした顔して」と涼太に顔を向ける。

「まさか仲間さんが来るとは……」

「え？　知らんかったん？　ぼく、東京に来るのん」

涼太は不満げにうなずいた。

「社内で情報共有できてへんなぁ。こら、あかんで」

仲間が手加減せずに真田に注意したが、真田は気にするふうもなく自らの杯に酒を満たした。

＊　＊　＊

「美波がこのところ時代小説にはまっててね、どうしても下町を歩いて江戸情緒にひたりたいて言うもんやから、夏休み利用して、ちょっと遊びに来てん。親戚《しんせき》の家が森下にあるんで、そこを根城にあっちこっち歩きまわってんねん」

氷をカラカラいわせて、仲間はロックグラスをカウンターに置いた。

「『周平』っていい名前だろ？　美波さん、喜ぶぜ」

真田が微笑んだ。

「女房は藤沢《ふじさわ》周平、大好きやからなぁ。でも、今日は姪《めい》っ子《こ》とディズニーランドに行ってて、こっちには来られへんのやけど」

そう言って仲間は宮古泉のオン・ザ・ロックをぐびりと飲んで、つづけた。

「このあたり、しっとりしてて、ええ感じやねえ」

「さっきも涼太とそんな話をしてたんだ。なにか風景がぼうっと滲《にじ》んでいて、落ちつくんだ」

「にじむ？」

仲間は首をかしげた。

「どこかモノの輪郭があいまいな感じがするんだ。ほら、京都の夜もそうだったろ？」

真田が砂肝の串《くし》を口に運びながら言う。

「たしかに……」

仲間が視線を宙に這《は》わせる。「そう言われてみると、那覇の夜もそうやった。うん、そうや。広島も、夜、川沿いを歩いていると、そんな感じがしたな」

「東京の下町も那覇も、広島も京都も、たくさんの人が戦《いくさ》や災害で亡くなっている土地ですね」

涼太が脇から話に入った。

「そうなんだ。このあたりは、東京大空襲や関東大震災でたくさん人が亡くなってる。火に追われた人たちが、小名木川の水に入って亡くなってる。川は死体にあふれて、歩いて渡れるほどになったそうだ」

真田は串を皿において、低い声で話した。

しばらくのあいだ、三人それぞれ何かを考えるように黙していたが、ややあって仲間が口をひらいた。

「たぶん、死のにおいと水辺は似あってるんやないのかな」

そう言うと、氷がとけて薄くなった泡盛ロックをすするように飲んだ。

「セックスのエクスタシーを、フランス語ではプティ・モール、小さな死というらしい」

真田が仲間のことばを受けて言った。

「そういえば、ラブホテルも墓地の横や川辺にあるなあ。セックスもこの世とあの世の間にいる感じがするからやろか」

「イク、イクってのは、じつは、逝《い》く、逝く、ってことなんだよ」

真田が真面目な顔をして、ひとことずつ区切って言う。

仲間がうなずいた。

「たしかに人間、水とか死とかセックスに、知らずしらずのうちに吸い寄せられていくのかもしれんな」

＊　　＊　　＊

三十分ほどたった頃、涼太はさっきからずっと気になっていたことを訊《き》いた。

「イズミ・リゾートが、青の浜にヴィラをつくろうとしてるそうですね」

仲間はほうれん草のおひたしを食べていたが、箸《はし》を置くと、涼太の方に向きなおった。

「そうなんや。青崎に天然炭酸水が湧きだしたことで、前から考えていたアイランド・リゾートがつくれると踏んだらしい。このまえリゾートの社長と総務部長、それに宣伝マーケティング戦略の責任者が来よった」

「三人の名前、覚えてます？」

勢いこんで、涼太は訊いた。

「うん。おれ、けっこう記憶力はええねん。やって来よったんは梶原敦《かじわらあつし》社長、それから、総務部長の小久保和雅《こくぼかずまさ》。もうひとりは、一色隼人《はやと》って本社の宣伝課長やった」

「一色隼人……」やっぱり、あいつか。

涼太の顔がちょっと引きつったのを、仲間は見のがさなかった。

「知ってるの？　一色って男」

「……ええ」

「なかなかシュッとした、ええやつやんか。頭の回転もえらい早そうやったし。切れ者って感じやった。涼太クンと同い年くらいかな？」

「……イズミ時代の同期なんです」

「そうなんや。同期って何人くらいおるん？」

「四十人です」

「それくらいの人数やと、お互い、よう知ってるんやろ？」

「はい……独身寮も一緒だったし」

「言うたら、戦友みたいなもんか」

仲間がちらっと真田のほうを見やりながら言う。真田は黙々と杯を口に運んでいる。

「梶原社長と小久保部長は、知ってる？」

仲間がつづけて訊いてきた。

涼太がしゃべりかけると、真田が杯を置いて、口をひらいた。

「梶原ってのは、かつて制作課長をやってたが、まったくクリエイティブとは無縁のやつでさ。旧帝国陸軍の目のつり上がった兵士みたいな男だ。一度だけ仕事をしたが、検閲みたいな物言いをしやがる。『この言葉はコンプライアンスがどうとかこうとか』みたいなことしか言わねえ」

頬をほんのり染めた真田は語気をつよめた。梶原によほどひどい目にあわされたのだろう。

たしかに梶原はつまらないことで、部下や後輩、クリエイターをいじめた。それが教育であり愛の鞭《むち》だと勘違いしている、じつにやっかいな男だった。

「小久保さんっていうのは？」

仲間が訊いたので、こんどは、涼太がこたえる。

「ぼくがいたころは広報課長でした。もともと経理や総務畑が長かったひとです。金勘定が得意なのと、総務部でいろいろややこしい連中とつきあってきたから、そのタフさを買われて、広報課長に引っぱられたと聞いてました。マスコミや総会屋対策に走りまわってましたよ」

「梶原さんも小久保さんも、かつての上司なん？」

「はい。梶原さんは制作課時代の課長。小久保さんは広報課時代の課長です」

「なら、きみは三人ともよう知ってるんや」

「はあ……」

涼太はことばを濁した。梶原や小久保が上司だったのは、誇りでも何でもない。むしろ恥だと思っていたし、一色に対してはもっと複雑な感情をもっていた。

＊　　＊　　＊

紫紺色《しこんいろ》をした水茄子《なす》の浅漬けをひとくち食べ、真田がおもむろに口をひらいた。

「ところで、青崎のひとたちはリゾートホテルについて、どう思ってるんだ？」

仲間はちょっと困った顔になった。

「そりゃ、反対に決まってる……と言いたいんやけど、そうとも限らんのや。残念ながら……」

「つまり、賛成派もいるってことですか？」

涼太は驚いて、座りなおした。

「うん。今回は」

「ということは……前にもそういう話が？」

涼太が重ねて訊いた。

「二十年ほど前に、大阪の関西鉄道グループが青崎にホテルを造ろうとしたことがあったらしい。けど、そのときは全員一丸となって反対したそうや」

仲間はまだ島に住んでいなかったので、当時のことを詳しくは知らない。妻の美波から聞いた話だという。

「そのころは青崎では伝統的な神事《かみごと》もすべてきちんとされてたし、宮古島も今みたいに観光客が多くなくて、のんびりしていたそうや。ぼくが住んでからでも、島はだいぶ変わってしもた。この数年の宮古バブルで、金を儲《もう》けたやつもぎょうさんおる。やっぱり、人間というやつは、どうしようもなく欲深いから……」

「で、イズミ・リゾートの三人とはどんな話をしたんだ？」

「とりあえず、あいさつに来たって言うてた。あたりさわりのない話をしただけや。『これからちょくちょくお邪魔させてもらうことになりますので』と言うて、帰っていきよったわ。青崎集落の自治会長がうちに連れてきたんや」

「その会長が村のとりまとめ役なんですか？」

「数年前から、福原俊夫《ふくはらとしお》って男が仕切ってる」

仲間の話によると、福原は土建会社の大福《だいふく》建設の二代目経営者である。

父親が戦後、大福建設を創業し、その後、政界にうって出て、平良市長（島全体が宮古島市になる以前）に当選。宮古島の水源となる地下ダムの建設を推進したり、宮古島と東京を結ぶ飛行機の直行便開設を実現したり、島の南部でのリゾート建設やプロ野球キャンプの誘致など、島の産業振興に力を尽くしてきた。

福原の父親は宮古経済界からリスペクトされる一方、島の環境破壊の張本人として批判され、毀誉褒貶《きよほうへんあいなか》相半ばする人物でもあった。

その父の死後、会社を継いだ福原は、数年来の宮古島ブームによる建設ラッシュやインバウンド需要にのって、事業を急速に拡大していた。

大福交通というバスやタクシーの会社、大福海運やスーパーマーケット・チェーン「ビッグハピネス」、大福ツアーズという旅行代理店など多角的な事業展開をしている。

以前から地元・青崎に目をつけていたそうだが、ここにきてイズミ・リゾートの話が持ち上がってきたのだった。

「福原さんはヤマトにも強力な人脈をもってるみたいやから……」

仲間ははっきりとは言わないが、イズミ本社と福原に何らかの関係があって、その筋から今度のリゾートの話が来ているのではないかと疑っているようだった。

「福原会長になってから、青崎は何か変わりましたか？」

涼太がストレートに訊いた。

「そうやなぁ。集落の道という道がぜんぶアスファルト舗装されたな。公民館も建てなおされて、えらいきれいになりよったわ。図書館も併設されたから、喜んでる人もおるけどね。こうした工事請け負うたんは、みんな、大福建設の関連会社や」

仲間はちょっと苦々しげな表情を浮かべた。

「福原さん、ええ張りきってるじゃねえか」

真田はそう言って杯をほすと、仲間に向きなおった。

「お前んとこにイズミ・リゾートの幹部を連れてきたってことは、福原さんの頭ん中に、すでに全体計画がデザインされてるってことじゃねえのか」

「うむ……ぼくもそう思てんねん。福原さんは何かたくらんどる。リゾート・プロジェクトは、つまるところ己《おのれ》の金もうけと権勢の拡大のためやろ」

仲間が感情をつとめて抑えているのは、涼太にもわかった。

「でも、いくら福原さんが自治会を牛耳ってるといったって、会長の意向で集落の方針がすべて決まるわけじゃねえだろ？」

「そら、そうや。役員が十人いて、その合議制で決まる。役員会で決まらんかったら、住民の直接投票ということになってる。ぼくもいちおう役員やから、集落の意思決定の仕組みは知ってんねん」

仲間はこたえたが、どうにも表情が冴《さ》えない。

「どうしたんだ、何かあるのか?」

真田が仲間の目をさぐるように見る。

「……ようわからんのやけど……けっこうリゾートホテルを歓迎する人も、青崎にはおるんや」

めずらしく仲間が肩をおとした。

「福原さんはいち早くリゾート建設賛成を表明し、完成後は、平良の市街地との間にもっと頻繁に小型シャトルバスを往来させると言うてる」

さらに福原は、介護タクシーや買い物タクシーも、自らの大福交通で運行させると明言しているらしい。

高齢者の多い青崎では、かつて自家用車を運転していた者も免許証を手放し、いまは病院にかよったり、買い物に行くにも、バスに頼らざるを得ない状況だ。

それでなくても、病院がよいの際に、外国からのクルーズ船が着くと、島のタクシーはその客をねらって平良港に集中し、街なかでタクシーを拾うことは不可能に近くなっている。タクシードライバーは、借り切りで半日乗り回す外国人観光客を重宝し、オジイ・オバアたちのために病院に向かうことはほとんどない。

「会長はいろんな意味で、シマの現状と人情をようわかっとる……」

「人間ってやつは便利さに弱いからなあ」

真田がぼそっとつぶやいた。

「今日は、知多《ちた》の天然クルマエビ、入ってますよ」

真田が菊正宗のお銚子のお代わりを注文すると、カウンターの中にいる大将がちょっと胸を張ってすすめてきた。

「お、いいねえ」

真田はエビやカニ、シャコなど甲殻類に目がないのだ。カロリーも高くないから、体重のことを気にせず食べられる。

「刺身？　焼き？　どっちがいいっすか？」

「そりゃ、せっかくだから、刺身でたのむよ」

「クルマエビといえば……青崎で養殖やってましたよね？」

涼太が仲間に向かって言った。

「そうや、沖縄はクルマエビの養殖、日本一なんや。ぼくも沖縄に来るまで知らんかったけどね。最近は冷凍や冷蔵技術がレベルアップしてるから、天然ものに引けを取らんクルマエビが東京や大阪に送られている。ただ、青崎のエビの養殖はアンラッキーなことが続いてるねん」

仲間が暗い顔つきになった。

「……？」

「ウイルスが入って、この数年、エビが大量に死んでしまうトラブルが続いてるんや。

で、生産量がガタッと落ちて、養殖漁師の収入が減ってしもた。そんなんが続くと、みんな安定収入をのぞむやろ？　一部の漁師はリゾートホテル建設に賛成してるみたいや」

「青崎は、たしか、モズクの養殖もやってましたよね」

「うん。太モズクだけやなくて、細い糸モズクも養殖やってる。そのモズク漁師たちはリゾートホテル建設に反対や。海が汚されてしまうからな」

仲間によると、クルマエビの養殖はほぼ陸上養殖に近い形なので、ホテルの建設工事にともなう海の環境汚染とはあまり関係がないらしい。

クルマエビ養殖にたずさわる人たちは、リゾートホテルができることで、高級食材としてのエビの販路が拡大できたり、宿泊客に収穫体験ツアーをしてもらったりして、観光業との連携で収益を上げられると期待しているそうだ。

「これまで仲の良かった漁師の間にも不協和音が出はじめてるんや」

仲間がぽつりと言った。

「原発や基地と、まるで同じ構造だな」

真田はふーっとため息をついた。

「で、次は、いつ、イズミ・リゾートの三人が青崎に来ることになってんだ？」

「二ヵ月後に、自治会役員へプロジェクトの説明会をしたい、て言うてきてんねん」

と仲間はこたえ、一拍おいてから、続けた。

「すまんけど……きみらも、その集会に来てもらわれへんやろか？　経費は沖縄イズミがもっと言うてくれてはる。真田事務所はうちの宣伝広報戦略の軍師や。今回のリゾート・プロジェクトは、ミヤコ炭酸水が大きな目玉になってる。たましい込めた商品がこんなプロジェクトに滅茶苦茶《めちゃくちゃ》にされたら、ワヤや」

「お前に言われるまでもなく、そのリゾート三人組には会いたいと思ってたんだ。あんな連中にたいせつな炭酸水を利用されてたまるか」

「さわやかな炭酸水のイメージを都合よく利用されるなんて腹立たしいです。当然ぼくら真田事務所の人間も意見を言うべきです。今日はここにいませんが、梨花さんだって同じ意見のはずです」

「おおきに。沖縄イズミの國吉社長と平良専務にも同席してもらうからな」

仲間は決然とした顔になって言った。

14

宮古空港は、それまでにないくらいの人波でごった返していた。

十月中旬というのに気温は三十度をこえている。

レンタカーを運転しながら、涼太がひょいとバックミラーを見ると、真田もさすがにぐったりしている。羽田発の直行便は朝が早い。昨晩はほとんど眠っていないのだろう。

漲水御嶽《はりみずうたき》にお参りし、港近くの食堂で昼食をとって、涼太たち三人は県道230号線を一路、青崎に向かって北上した。

仲間秋男の家に寄って、定刻よりも早めに公民館に着く。集会室には自治会の役員たちがほとんどそろっていた。仲間は沖縄イズミの國吉社長から発言内容について全権委任されていた。

参加者全員が顔を見合わせながら話ができるよう、長テーブルは口の字形に配置され、その一辺に四人ずつ座れるようパイプ椅子が置かれている。涼太たちは長テーブルの一辺に並んで座った。

ミーティング開始の少し前に、イズミ・リゾートの三人が、自治会長の福原に先導されて部屋に入ってきた。梶原社長、小久保総務部長、そして、宣伝担当の一色隼人である。

その三人と福原は、涼太の左四五度の位置に腰をおろした。

涼太はイズミの三人に挨拶《あいさつ》にいったほうがいいか迷いながらも、その一歩を踏み出せずにいた。

彼らはいささか緊張した面もちで、顔を伏せ気味に、ときおり軽く貧乏ゆすりをしたり、テーブルの一点に虚《うつ》ろな視線を落としている。

目が合ったら、ぎごちなくても笑顔を見せねばならない。

無意識のうちに鼓動が早くなる。

気を落ちつかせるためにアルコールジェルを取りだし、両手にまんべんなく塗りつけた。

　午後一時になり、司会進行役の男がマイクを持って立ち上がった。

「わたくし、自治会専務理事の池間平勇《いけまへいゆう》と申します。イズミ・リゾートと真田事務所のみなさまには遠路はるばる足をお運びいただき、どうもありがとうございます」

　まずは、通りいっぺんのあいさつの後、こう切り出した。

「青崎は宮古島でも最も歴史が古く、神高い土地。そのことは住民の誇りであります。また、仲間酒造の井戸から炭酸水が湧きだしたことで、わが青崎の知名度はにわかに高まり、世の中の注目を浴びるようになりました。たいへんありがたいことです。イズミ・リゾートさんはその炭酸水と結びつけた美と健康のヴィラをつくりたい——ということで、リゾート建設についての意見を聴《き》くために本日いらっしゃいました。どうか、みなさんの自由で活発な議論をお願いしたいと思います」

　そう言って、池間平勇は腰をおろした。

　この集落の人にしてはめずらしく目つきが鋭い。しゃべり方も歯切れがよい。

　不審げな涼太の顔をみて、仲間が、「かれ、島の新聞社、宮古タイムスの記者なんや」とそっと耳打ちしてくれた。

　次にマイクを持ったイズミ・リゾートの梶原社長が、お定まりの自己紹介をしている最中、涼太の姿を見つけて一瞬目をむいた。

気配を察した小久保と一色は書類をめくる手を止め、梶原の視線を追うように、涼太のほうにサッと首を振りむける。

その瞬間、一色と目が合った。

「…………」

「！」

一色の動きがとまった。

涼太は声には出さず、やあ、と口のなかで言う。

一色はあわてた様子で片眉を上げて目礼し、となりに座った小久保は粘っこい視線を送ってきた。

梶原は何事もなかったように話をつづけた。

「……健康にいいこの唯一無二の炭酸水を飲み、青い海、白い雲、はてしのない水平線をながめながら、いやしの時を過ごしていただきたい。それが私どもの考えであります。人間のからだの半分以上は水でできています。しかし老人になればなるほど、水分がへり、皺《しわ》もふえる。皺くちゃジジイ・ババアになるわけです。『みずみずしい』とか『水もしたたるいい男』なんて言葉もありますな。イズミの社員はいつも水に祈っとるわけです。このリゾート計画も水の泡にならんように、水に流さんように、なんちゃって……」

梶原のつまらない洒落《しゃれ》に、となりに座った福原が聞こえよがしの大きな笑い声をたてた。

かすかに小久保がお追従の笑みを浮かべたが、ほかの人は誰も笑っていない。

「テレビ局のＡＤが出演者に媚《こ》びるみたいに笑ってやがる」

真田がわざと聞こえるように言った。

涼太はくちびるの前に人さし指をもっていく。

そんなことには一向かまわずイズミ・リゾートの梶原はつづけた。

「宮古島は奥ゆかしく、水を地下に隠しもっとる島です。地下水系がすみずみまで行きわたっている。それはわれわれの調査からもわかっております。二十一世紀は水の世紀です。水はたいせつな資源であり、命のみなもとであります。ですから、今世紀、世界のあらゆるところで、水の争いがおこるでしょう」

これ以上だらだら喋《しゃべ》らせてもまずいと考えたのか、司会の池間が、「じゃ、このへんで」と手をあげ、梶原の話をストップさせた。

「ここまでのところで、みなさんからご質問、ございますでしょうか？」

池間が会場を見わたすと、涼太のちょうど対面の長テーブルに座った六十年配の男が、

「ちょっといいかね？」と言って立ち上がった。

潮焼けした顔には深い皺が刻まれ、無精髭《ぶしょうひげ》がぽつぽつ生えている。穴のあいた灰色のＴシャツから出た両腕は毛むくじゃらで筋肉質だ。長年、海とつきあってきた男のにおいがする。

「わしはモズク漁師の与那覇《よなは》といいますが……その……地下水系がすみずみまで行きわたってるって話だが、青の浜には、大昔、青崎に住みついたご先祖様が見つけた磯井《イスガー》という井戸があるさね。けど、その井戸はほとんど水が涸《か》れとるんじゃないのかね」

梶原はネズミのような顔に困惑のいろを浮かべた。

「ええ……わたしもそのように聞いております」

「じゃあ、青の浜でヴィラをつくるとき、どの井戸を使うんかね？」

「いい質問ですね」

眼鏡の奥の小さな目を見開いて、梶原は前歯を見せてわざとらしい作り笑いをした。

――なにが、いい質問だ。

カチンと来た。ヴィラを作らせてほしいと頼みに来て、そういう上から目線の物言いはないだろう。

部屋の中の空気もちょっとざわついた。

雰囲気が危うい方向にいくと思ったか、総務部長の小久保があばた面にうす笑いを浮かべて、立ち上がった。

サイコロみたいな顔かたち、眉毛《まゆげ》は太く、どんぐり眼《まなこ》。中肉中背だが、骨太のがっしりした体格をしている。

「うっとこの研究センターには、ごっつい水脈探査機があるんです。それで調べさせてもろたんですわ」

小久保がくねくねした口調で話しはじめると、真田が顔をしかめた。

「なんだ、あいつ。ええ気持ち悪いイントネーションだな」涼太にささやく。

「小久保さん、たしか、京都のど真ん中、四条烏丸《しじょうからすま》の出身ですよ」

「あいつも、関西人か」

「関西人を、みんな、あんなのと思わないでください。かれは特別ですよ」

関西を一括《ひとくく》りに揶揄《やゆ》されたので、涼太はムッとして言った。

その間、小久保は休むことなくしゃべり続けている。

「あの浜辺に神社がありますやろ？　青浜さんって言いましたっけ？」

「神社じゃなくて、沖縄では御嶽《うたき》といいます」

司会の池間が、ピシッと言葉を正した。

「その……ウタキいうのがありますやん。その近くで、探査機がビビッと反応しはるんで、ためしにちょっとだけ掘らせてもろたんですわ。そしたら、なんと、炭酸水が湧き出てきはったんですわ」

「え？」

仲間は驚いて、質問した。

「いったい誰の了承を得て、井戸を掘られたんですか？」

詰問調にならないよう気をつけて訊《たず》ねているのがわかる。

「島の地下水保全審議会に了承もろて、その後、岸本《きしもと》市長と自治会の福原会長のオーケ

―いただきましたわ。岸本さんはうっとこの本社の源田和泉社長と昵懇《じっこん》なんで、ありがたいことですわ」

ぺろっと下唇をなめた。

――そうか……。

金のにおいに敏感な市長と自治会長を巻きこんで、早手回しに現地調査もすでに行っていたわけか。

「その炭酸水の品質はどうだったんですか？」

仲間が訊いた。

「おかげさまで、仲間はんとこの炭酸水と同じ質のもんでしたわ。『こら、ごっついわ』って驚いたんです」

「はじめて聞きましたね……」

仲間はあからさまに不快な顔をした。

「ま、よろしやおまへんか。ええお水が湧きでてきはったんですから」

小久保はニキビの跡が月面クレーターみたいになった顔をほころばせ、

「うちらにとったらリゾートのお客さん用に使えますさかい。それに、ヴィラで炭酸水を飲んでもろたら、ミヤコ炭酸水の宣伝にもなりますやろ？　せやけど宮古島の地下水は、えらいぎょうさんあるんですなあ」

にやりと笑う。

「その井戸から湧きでてくる水量もわかったんですか？」

仲間はけげんな顔で訊いた。

「いまの時代、ＡＩでなんぼでもわかりますねん。うっとこの計算では、イズミ・リゾートの飲料用の炭酸水は十分まかなえる勘定どすな」

仲間は不審なまなざしを小久保に向けたまま黙りこんだ。

＊　＊　＊

「ほかに、ご意見はございますか？」

司会の池間が一同をながめわたして訊いた。

こんどは涼太の右手の長テーブルに座った四十代くらいの男が手をあげた。

「あのう、わたし、クルマエビ養殖場の海老名《えびな》と申しますが……」

ぼそぼそと話しはじめた。

言葉のイントネーションといい気配といい、島の人ではない。きっとクルマエビ養殖の会社に就職して、青崎に住みはじめた人だろう。

「結論から言って、わたしたちクルマエビ関係者は、ヴィラ建設は大賛成です」

モズク漁師の与那覇が海老名の顔をじろりと見た。

「うちのエビはクオリティーが高く、内地でも評判が良かったんです。しかし、この数年、ウイルスに冒されてエビが育たない状態で、このままいくと暮らしも立ちゆかなくなる状況です。近くに高級ヴィラができれば、クルマエビをフレッシュな状態でお届けできます。青崎がエビの里であるという宣伝にもなります。ヴィラのお客さんは救いの神です」

海老名が腰をおろすと、会場が一気にざわつき、モズク漁師の与那覇が憤然と立ち上がった。

「そら、あんたんとこは、ええ。海の汚れと関係なしに養殖できるからな。じゃが、わしらはそうはいかん。ヴィラの建設中はもちろん、建物ができてからも、泊まり客の使った風呂《ふろ》やトイレの水で海が汚れるさ。げんに、この島のリゾート近くの海は魚も海藻もおらんようになった。マリンスポーツをやるんで危ないからと、サンゴ礁も壊された。サンゴがおらんと、魚は来《こ》ん。追い込み漁の人も迷惑するさ。あんた、それ、どう思うね？」

海老名は一瞬たじろぎ、思わずうつむいた。

「宮古島の海は島人《しまんちゅ》みんなの海さ。なのに、浜をよそ者に占拠されているわけさ。イノー（サンゴ礁の内側の海）に貝やアーサを採りに行けなくなった人がいっぱいおる。宝の海をうばわれてしまったさ。観光客が海で泳ぐのはかまわん。けど、その人たちは一週間過ぎたら内地にもどっていくよ。島の人はこの島でずーっと暮らしている。それを忘れてもろうたら、困る」

土地買収などを担当する小久保はときおり頷《うなず》いたり深刻な表情を浮かべたりして耳を傾けていたが、与那覇が話し終えると、あばた面に微笑みを浮かべ、おもむろに立ち上がった。

「海は漁師さんの神聖な仕事場というのは、ようわかります。海が汚されるのはミネラルウォーターの水源が汚されるのとまったく同じですわ。水はすべて『公《おおやけ》』のもんです。その公の水を清浄さを保ちながら、みなさんに安心して飲んでいただけるよう、イズミ食品は最大限の努力をいたしております。降った雨水が何百年ものあいだに地層で磨かれて生まれる水をさらにチェックして、ミネラルウォーターにしています。いわば水のなかの水を厳選しているわけです。豊かできれいな海が健康で活《い》きのいい魚を生んでくれる。それは水源の周りの環境がミネラルウォーターを育ててくれるのと同じです。もし万一、弊社の工事で海を汚すことがありましたら、それ相当の『誠意』をお示しさせていただければと存じております」

そう言って、小久保はパイプ椅子に腰をおろした。

「誠意っておカネってことですよね？」

涼太は隣にいる真田にささやく。

「たんまり補償金を出すから、勘弁してくれやって言ってんだろ」

しんと静まりかえった会議室に、真田の大きな声が響いた。

モズク漁師の与那覇はその言葉にビクッと反応し、

「金をくれなんて、こっちはひとことも言っとらんさね。そんな問題じゃないっ」

ドンと拳《こぶし》でテーブルを叩《たた》いた。ブリキの灰皿が揺れ、大きな音が立った。

＊　＊　＊

司会の池間が、ただひとりの自治会女性役員に意見を求めた。

「野地《のじ》あゆみさん。どう思われますか？」

極端なミニスカートの裾《すそ》をなおしながら、ぬっと立ち上がったのは、トドのような体形の色黒の女性。ぱつんぱつんの太ももが露《あら》わになっているが、歳のころは四十代半ばから五十代前半だろうか。濡《ぬ》れたような目を落ちつきなく左右に動かしている。

彼女の真正面に座った梶原社長が、その超ミニ姿に鼻の下を伸ばしている。

野地は青崎集落のはずれでダイビングショップをいとなみ、無人島でのバーベキューや大型ヨットのクルージングなどもやっているらしい。宮古島に移住して二十年以上だという。

野地は甲高い声で、もじもじしながら言った。

「あのう、あの、えと、えとですね、わたしみたいな移住者が意見を申し上げてもいいんでしょうか？」

司会の池間が、どうぞどうぞと目顔で言うと、ぺろりと上唇をなめた。

「宮古島の北にひろがる美しいサンゴの大陸『ヤビジ』にほど近いダイビングショップを経営する人間といたしましては、イズミさんのヴィラは諸手《もろて》をあげて賛成でございます」

梶原社長は、にんまりとしてうなずいた。

「私どもは、人と自然がバイブレートし合うことをテーマに日々活動いたしております。ですから、リゾート建設によるサンゴ礁の破壊など、断固として反対です。しかし、この島の何ものにも代えがたい透きとおった海を、ひとりでも多くの人に知っていただければ、ありがたく存じます。水の惑星といわれる地球の、その水の美しさを知っていただけるのが青崎でございます。いままで青の浜は手つかずの自然の残る秘境でした。誰もが行きたい。でも、行けない。そんな秘境で、海と太陽と星を独り占めして暮らすバケーションって半端なく素敵じゃないですか」

「建設中、そして、開業後の海の汚染についてはどう思われるんですか？」

進行役の池間が訊《き》く。

「わたし、西表島《いりおもてじま》や石垣島《いしがきじま》でイズミ・リゾートには何度もステイさせてもらったことがありますす。そのときに、自然との共生？　って言うんですか、それがものすごくうまくいってるなあって。汚染なんてまったくなかったです。マリンスポーツも、恩納村《おんなそん》のホテルみたいな、いかにもアメリカンな感じじゃなかったですし」

モズク漁師の与那覇が顔を紅潮させ、椅子を蹴《け》って立ち上がった。

「海がどれだけ貧しくなったか、あんたが知らんだけじゃ。あんたは海で遊んどるだけ。こっちは海の幸をいただいて生きとる。ときどき追い込み漁もやるが、島にホテルが建ちはじめてから、魚がえろう少のうなってしもうた。石垣や西表の海人《いんしゃー》にも訊いてみたらいい。リゾートができて、どれだけサンゴ礁が壊され、魚の住み処《すみか》がのうなったか」

もう我慢できんとばかり、持ってきた泡盛のミニボトルをあけ、茶碗《ちゃわん》のなかにドボドボ注いでグーッと呷《あお》った。

野地はあからさまに顔をしかめ、二重顎《あご》の太った顔をハリセンボンのように、さらにふくらませた。

「海で遊んでるだけとおっしゃいましたが、そのおことば、訂正していただけますでしょうか？」

「なにぃ？」

「私どもはマリンスポーツを通して、お客さまに海の美しさと素晴らしさを知っていただき、身も心も癒《いや》されていただこうと、日々研鑽《けんさん》を積んでいるのでございます。私どもの存在を全否定されるようなお言葉は心外に存じます」

「なにが、存じます、だ。ことば遣いだけ丁寧にしやがって。慇懃《いんぎん》無礼なデブが」

「な、なんですって？　デ、デブですって？　差別発言！　コンプライアンス無視ですよっ！」

「ま、ま、いまはケンカはやめていただいて……。今日は、みなさん、それぞれのご意見を聞く場ですから」

＊　　＊　　＊

次に池間が指名したのは、宮國清《みやぐにきよし》だった。

青崎で唯一の共同売店（コンビニのような小売店）の運営を任されている男である。

青崎には自動販売機もないので、涼太は来るたびに共同売店でペットボトル入りのゴーヤー茶を買い、パイナップル飴《あめ》や塩せんべいなども買っていた。沖縄出身の梨花から、共同売店はセブンイレブンよりもはるか以前に生まれた伝統あるオキナワン・コンビニだと教えてもらっていた。

なぜ「共同」かというと、集落の住民が共同でお金を出しあって運営する店だからだ。

この店の商品の目玉は、大型店より値段の安い地元産の魚や野菜。海人や農家から直接、品物を仕入れている。

平良などの都市部の大型スーパーでは、見た目のいい品物を並べているが、青崎共同売店の野菜やフルーツは少し傷があったり大きさがバラついている。しかし、味はまったく遜色《そんしょく》ない。しかも安い。おかげで青崎の人たちの家計は大いに助かっているという。

売り手は地元・青崎の人なのでお客さんと顔見知りだ。誰がどんなものが好きか、どんな品物を買うかも手に取るようにわかっていて、無駄な仕入れをしない。青崎共同売店では、買い物に来られないオジイやオバアの家まで宅配サービスもやっている。

そういう共同売店をマネージメントしているのが、宮國清だった。

「自分は、ヴィラが建つかどうかで、集落《シマ》がこうやって分かたれていくのが何よりつらいさあ。共同売店はシマのみんながお金を出しあってつくった助け合いの店さ。シマのこころが一つになっている象徴なわけさ。お金に余裕のない人には、通い帳でツケ払いにしているさ。あるときに払《はら》ってもらったら、いい。からだの弱い人がおれば、お家《うち》に品物も運んでる。そうやって、みんながみんなの面倒をみてきたのが青崎じゃなかったのかな？」

宮國が朴訥《ぼくとつ》な口調で語ると、部屋の中はしんと静まった。参加者全員がそれぞれの思いをめぐらせているようだった。

窓からは傾いた日の光が照りつけ、部屋のなかはムッとしていた。進行役の池間は壁際にあるエアコンのスイッチをさわって、少し冷房をきつくした。

と、そのとき、作業着姿の中年男がいきなりだみ声《ごえ》で発言した。

「わしゃあ、青崎を豊かにするためにゃ、ヴィラは必要じゃあ思うけどのぅ」

陽焼けしてでっぷり太った鉢巻き姿のその男をじろりとにらんだ仲間が、「かれは土木建設業の北村《きたむら》。出身が広島の、ウチナー婿や」と涼太にささやく。

「人のおらんこのシマに何の魅力があるんかいのぉ。なんぼ自然がきれいでも、客は通り過ぎるだけじゃ」

「ほんと、その通りです」

野地が大きな胸をぷるんと振って媚《こ》びた声で同意する。

仲間が手をあげた。

「すみません、さきほど発言の途中だった仲間さん、何か……？」

「イズミ・リゾートの小久保さんは青の浜に炭酸水が湧いて出たとおっしゃった。飲料用の炭酸水は十分まかなえると。わたしはミヤコ炭酸水というブランドを沖縄イズミさんから販売してもらってます。で、イズミのお三方にうかがいたいのは、みなさんが掘ったといわれる炭酸水を使うことで、うちの炭酸水が涸《か》れないかどうか。その保証があるかどうか、です」

仲間は梶原社長と小久保部長、それに一色の三人を睨《ね》め回した。

梶原社長は目をつむったまま腕組みし、口をへの字にしている。小久保は薄い唇をしきりに舐《な》めている。

そのとき一色がすっと立ち上がり、いきなり頭を深くさげた。

おい待てよ、と横で小久保が一色のスーツの袖《そで》を引っ張った。

一色はそれを振りはらって話を続けた。

「申しわけありません。いい加減なことを申し上げてしまいました。イズミ・リゾートといたしましては、まだ厳密な調査をいたしておりません。ミヤコ炭酸水は私どもの大切な商品です。その水源が涸れることがあっては一大事です。手前どもの軽薄で無責任な発言を、伏してお詫《わ》び申し上げます。水量と水脈調査は、あらためて高い精度で実施させていただきます」

「後日、調査はしっかりやっていただけると、この場でお約束いただけるんですね？」

「はい」

一色は仲間の目をまっすぐ見つめて、うなずいた。

「仲間さんの炭酸水が生まれたからこそ、リゾートの構想も急速に具体化しました。このプロジェクトは、まずは、ミヤコ炭酸水ありきのお話です。そのポイントはしっかり押さえさせていただきます」

凜《りん》とした清々《すがすが》しい声が集会室に響きわたった。

15

「さきほどは、たいへんお疲れさまでした」

自治会長の福原が、オリオンビールのジョッキを持って円形テーブルに集まった人たちをぐるりと見わたした。

海辺に建てられた福原の豪奢《ごうしゃ》な自宅には、ミヤコ炭酸水とイズミ・リゾートの関係者だけが招かれていた。

青崎集落の西側の、たぶん一等地なのだろう。

涼太の座る席からは、海の向こうに池間大橋と伊良部島《いらぶじま》が見える。彼方《かなた》に沈んでゆく夕日を受けて、海はあかね色にきらめき、伊良部島や風力発電のプロペラが美しいシルエットになっている。

「身内の会ですから、今夜は無礼講でやりましょうねえ」

福原はジョッキを高々とかかげ、

「かんぱ〜い！」

太った腹をゆすりながら、上半身をのけ反らせて、声を張り上げた。

涼太の向かい側ではイズミ・リゾートの梶原社長、小久保部長、一色が作り笑顔で唱和し、隣にならんだ真田と梨花、そして仲間秋男と妻の美波は儀礼的にジョッキを上げる。

それぞれビールをひとくち飲むと、福原が再び口をひらいた。

「宮古島の特産品をご用意いたしました。さ、遠慮なく、どうぞ、どうぞ」

テーブルの上には、シャコ貝やアオブダイ《イラブチャー》の刺身、グルクンの唐揚げ、さつま揚げ《チキアギ》、白身魚やモズクの天ぷら、オオタニワタリのサラダ、豚の角煮《ラフテー》、豚の耳《ミミガー》のピーナッツ味《み》噌《そ》和《あ》え、ジーマミ豆腐やパパイヤ・チャンプルーなど、これでもかとばかり、大皿にどーんと盛りつけられていた。

乾杯はしたものの、気づまりな空気が広がっている。

手持ちぶさたな涼太は生ビールでのどを潤しながら、目の前の大きな器に入っている落花生に手を伸ばした。

と、背後から声がかかった。

「久しぶり……」

顔を向けると、ぎこちない笑みを浮かべた一色が、泡盛のソーダ割りを持って、複雑な表情で立っている。

涼太と言葉をかわそうと、こっちにやって来たのだろう。

「……おう。元気そうじゃん」

　ちょっとつっかえながら応じた。

「何年ぶりだろうな」

「イズミをやめて以来……三年くらいか？」

「真田さんの事務所にいるんだから、すごいな」

「捨てる神あれば、拾う神あり、ってとこだよ」

　冗談めかして、涼太はこたえる。

「イズミはお前を捨てたわけじゃないよ」

　一色は首をふって、真顔で言った。

　――捨てたわけじゃない……。

　涼太の脳裏には、冬の寒い夜の西麻布の光景がまざまざと浮かんできた。

　それは、残業帰りにたまたまタクシーで交差点を通りかかったときのことだった。

　信号待ちしていた当時カノジョだった麻実《まみ》が、一色隼人と手をつないで彼の肩にもたれかかっているのを目撃してしまったのだ。

　その頃、涼太は、イズミ食品の「金剛のおいしい水」の偽装表示問題で内部告発者の疑いをもたれ、社内の多くの人たちから白い目で見られていたのだった。

　少し前から、麻実の態度が何かヘンだなとは思っていた。デートに誘っても、仕事を理由に断られたし、どこかよそよそしかったのだ。

涼太にとって、西麻布で寄りそう二人の姿は、忘れようとしても忘れられないシーンだった。

小久保があばた面をにやつかせて、涼太のところにやってきた。

「久しぶりどすなぁ。生きとったんかぁ」

その物言いに涼太は内心舌打ちしたが、

「この通りなんとかやってますよ。うちの真田のおかげです」と、ほがらかにこたえた。

「まだライターやってはんのん?」

まだ……?

「コピーも編集記事も書いてます」

左横にいる真田が、会話に加わった。

「いやあ、ご無沙汰《ぶさた》してます。その節《せつ》はたいへんご迷惑をおかけいたしまして……」

真田が頭をぽりぽりかいた。

「その節ってどの節やったやろか? 真田はん、節がぎょうさんありすぎて、ようわからへんわ」

ほほほ、と平安時代の女官のような笑みを浮かべる。

「真田があの事件を起こして以来ってことでしょう」

涼太は心のなかで「なんて嫌味なやつだ」と悪罵《あくば》を吐きつつ茶化して言った。

「そうかもしれへんなあ」

小久保はへらへら笑ってうなずいた。

横で真田はむっとしている。

涼太は目顔で真田をなだめて言った。

「こうして再び小久保さんにお目にかかれたのも、仲間さんのおかげです」

「そうや。炭酸水が湧きだしたおかげで、うちらも念願の美と健康のリゾートをつくれるんやからな。西表でも恩納村でもつくったけど、やっぱり、いまは宮古やろ。『住めばミヤコ』いうくらいやしなあ」

自分の洒落《しゃれ》に満足そうに笑い、のどを鳴らして泡盛の水割りを飲んだ。

真田は小久保を無視し、シャコ貝の刺身を箸《はし》でひょいとつまみ上げた。

「石垣や宮古で何度もシュノーケリングをやったけど、昔はこの貝をよく見かけたもんだ。でかいのは幅一メートルくらいあったなあ」

真田の言葉に、仲間がうなずいた。

「この十年で海はかなり濁ってきたよ。サンゴも少なくなったし。ホテルや道路工事の赤土がイノーに流れこんでしもて、サンゴを死滅させてるねん」

「シャコ貝の刺身なんて、めったにお目にかかれないぜ」

そう言って、真田は醬油《しょうゆ》にシークヮーサーをしぼり、そこに刺身をつけて口に入れた。

「どうですか、久しぶりのシャコ貝は？」

ホスト役の福原もこちらにやってきて、カラカラ（泡盛用の銚子）から真田の猪口《ちょこ》に古酒《クース》を注ぎながら訊《き》いてきた。

「うーん。この磯くさい香りと古酒は相性バッグンだ。こりゃあ、絶品だ」

「はるばる東京からいらしていただいたのですから、存分に宮古の海の幸を堪能《たんのう》してくださいねぇ」

ひとの良さそうな笑みを顔にはりつけて、福原が言った。

＊　　＊　　＊

あかね色に染まっていた夕空が、群青色《ぐんじょういろ》に変わるころ、宴はたけなわを迎えていた。

「ところで、ヴィラ建設はサンゴを壊滅させる危険性があるんや。それ、あんたら、どない思てんねん？」

酔いの回りはじめた仲間が、イズミ・リゾートの梶原社長に顎《あご》をあげて訊いた。

「いままで西表でも恩納村でも、サンゴ礁破壊の問題はまったく生じてませんよ」

梶原はさらりと受けながす。

顔は笑っているが、眼鏡の奥の目は少しも笑っていない。

「サンゴ礁以上に心配なんは、同じ地下水系の水をリゾートに取られてしまうんやないかってことや。さっきは一色さんがちゃんと調査するて約束してくれたけど、社長さんからも同じ言葉を聞いとかんと、安心でけへん」

梶原はおもわず顔をしかめそうになったが、すぐその表情をかくした。

「うちの調査の精度は業界一ですから、ご心配ありませんよ。ミヤコ炭酸水とリゾートは共存共栄できますよ」

片眉《かたまゆ》をあげてこたえる。

「あのう……よくわかんないんですけど、このままヴィラの建設に向かうんですか？」

こんどは美波が自治会長の福原と梶原を交互に見ながらたずねた。

「いや。最後は住民投票さ。それぞれの地区で意見聴取会をひらいて、丁寧な議論をしてもらい、投票で決めるさね」

福原がおだやかな笑みを浮かべながらこたえる。横で梶原が小きざみにうなずいた。

「民主的な手続きで何事も決めていくよー。それが青崎の伝統さ」

福原が鷹揚《おうよう》な口調でつづける。

「会長。あんた、青の浜が神高い浜であること、ようく知ってるわけさぁね？　なのに、なんで、よりによってあの浜でヴィラを建てるわけ？」

美波がちょっと気色《けしき》ばんだ。

「神高い浜だからこそ、世界中の人びとに広く知ってもらいたいわけさ」

「は？　わけわからん。神聖だから、人は入っちゃいけないさね？」

「沖縄本島の斎場御嶽《せいふぁーうたき》も、世界文化遺産になってから観光客が格段にふえた。観光地は知られてナンボだよ。商品と同じなわけさ。たくさんのお客に来てもらいたい。だから知名度を上げにゃならんわけさ。これ、道理だろ？」

美波は、いいや違う、と首をふった。

「世界文化遺産に登録されてから斎場御嶽にのぼっていく道も舗装されてしまったよ。ゴミのポイ捨てもされるし、樹の枝も折られるし、お香炉も盗まれた。森の中でひっそりと暮らしてた神さまは、逃げだす準備をしているさね」

「それは管理してる人が悪いんだ。イズミ・リゾートさんは環境管理には万全を期すと約束してくれている」

「ほんとかねぇ」

美波は疑わしげな視線を向けた。「西表にリゾートができたときも、貴重な生物がいるところに建てたから、えらい反対運動があったさ。福原さん。それ、忘れてるわけじゃないよね？」

「でも、結局、西表に来る人は増えたさ。島の観光業や飲食業はうるおい、経済は豊かになった」

梨花が福原をキッとにらみつけ、口をはさんだ。

「斎場御嶽の沖合にある久高島は、神の島と言われて、大きなホテルもヴィラもありません。なのに、観光客が押しよせています。最も神聖なフボー御嶽に勝手に入っては、インスタグラムの写真を撮ったりビキニ姿で歩きまわったりしています。本島から渡る船の中でも『御嶽には入らないように』とアナウンスもしてるし、御嶽の前には注意書きも立ててます。でも、観光客はどんどん入ってくるんです」

「神さまの島を、ディズニーランドみたいなアミューズメント・パークと勘違いしてんじゃねえか」

真田が言葉をはさんだ。

「ひとけのない浜をプライベートビーチだと勝手に解釈して、観光客がSNSに投稿する。そのSNSのいいかげんな文章を読んでどんどん人がやってくる。そういう悪循環になってるんです」

梨花が言い、美波がその言葉をひきとった。

「沖縄のひとは御嶽がどれだけ畏《おそ》れおおいか、ようく知っているよ。だから聖地にはぜったい入らん。神の山だって、青の浜の御嶽だってそうさ」

「わしは歴《れっき》とした宮古の人間さ。そんなことは十分わかっとる」

ぶ然《ぜん》とした表情になって、福原は言いはなった。

「まあ、まあ、お互い落ちついていただいて」

小久保が割って入った。

「弊社のリゾートではガードマンをしっかり配置して、聖地にはぜったい入らせんようにしてますねん。アンダーコントロールですわ」

「青の浜は、平家のご先祖様が上陸した聖地であることは承知いたしております」

すかさず一色がフォローした。

「なんども訊くけど、そういう土地にヴィラを造るつもりなんやな?」

仲間が鋭い視線を一色に向けた。

小久保が顔の前で、おおげさに手をふる。

「ちゃいます、ちゃいます。うちらのコンセプトは『美と健康の、癒《いや》しのリゾート』ですわ。この『癒し』という部分に、神さまと触れあうことも入ってますねん。沖縄の神さまは沖縄の人と同じで、やさしいですやろ？」

「やさしいだけじゃないさ」

美波が、何を言ってるんだという顔になった。

「ぜったいに神女《ツカサ》の姿を見てはならない祭祀《さいし》なのに、わたしの叔父《おじ》は盗み見てしまって、足が動かんようになったさ」

「いまどき、そんなことありまっかいな。で、そのあと、どないなったんです？」

小久保はせせら笑った。

「泡盛とお供え物を持って神女のところに行き、神さまに謝ったさ」

「まさか、それで、歩けるようにならはったとか……」

「そう。その『まさか』さ。叔父は不信心な馬鹿《グドウン》でね、神の山に足を踏み入れたこともあった。そうしたら、その夜から高熱が出て寝こんでしまったさ」

「ま、京都でも神さまの祟《たた》りは、ぎょうさんありますわなぁ」

洛中《らくちゅう》生まれの小久保は、顔を強《こわ》ばらせて小さくうなずいた。

が、その舌の根も乾かぬうちに、はたと膝《ひざ》をうった。

「畏れおおい場所は、言うたらパワースポットですわ。今日日《きょうび》、パワースポットはブームですやん。それに炭酸水は肌にもええ。スピリチュアルな癒しと炭酸水の物理化学的効果。この両方あるヴィラなんて、そんじょそこらにあらしまへん」

こんどは一色が、さわやかな笑顔を美波と梨花に向けた。

「青崎は養殖モズクが盛んですよね。モズクはフコイダンをたくさん含んでいて、がん予防や美肌や整腸効果があるそうです。免疫力のバランスをとってくれるので、ストレスフルな現代人にとってありがたい食品じゃないですか。青崎モズクはプレミアム商品だとうかがってます。でも、規格外のものは捨てたりしますよね？　そんなモズクを有効活用できないかと、私どもは考えたんです。青の浜のヴィラではタラソテラピーも売りにしたいんですよ」

「タラソテラピーって何ね？」

「海の恵みを利用して、健康になってもらうセラピーです。青の浜では、海水プールの歩行浴はもちろん、モズクのペーストをからだに塗っておこなうモズク・マッサージに、とくに力を入れようと思ってるんです」

「自分らはモズクたくさん食べているから、からだに塗らんでもいいさ」

「青崎に住んでらっしゃる方はそうでしょうけど、リゾートにいらっしゃるお客様はほとんどが都会の方です。みなさん疲れきっています。モズク・マッサージは肩こり、慢性疲労、冷え性、美肌などに効果的です。自律神経がととのうんです」

梨花は一色の話にひとつ相づちをうって、口をひらいた。

「タラソテラピーは確かにいいでしょう。わたし、皮膚にアレルギーがあるんで、自宅に温泉を取りよせて入っています。温泉は自律神経のバランスをとり、皮膚の調子を良くしてくれるからです。海に入るのも同じ効果があるそうです。だからタラソテラピーは大賛成。でも、わざわざ島の人が大切にしている場所でやらなくてもいいでしょ？」

「ですから、ヴィラと神聖なエリアとは完璧《かんぺき》に分ける、とさっきから繰りかえし申し上げてるじゃないですか」

一色の声には、かすかにいらだちのいろがあった。

一色と梨花がやりあっているのを耳にしながら、涼太は涼太で梶原社長と福原にかこまれていた。

「どうして仲間さんはリゾート計画に反対するんだ？　ミヤコ炭酸水の知名度も上がるし、売れ行きもアップするじゃないか」

梶原がしんそこ不思議そうな顔をする。

「反対するのは当たり前じゃないですか。地下水の量や汚れがどうなるか、わからないんですから」

涼太がこたえると、真田が口をはさんできた。

「あんたら、リゾートまでのアクセス、いったいどう考えてんだよ」

口調が荒っぽい。目がすわっている。かなり酔いが回っているようだ。

呂律《ろれつ》のあやしい真田の大声に気づいて、仲間がやってきた。

「青の浜に行くには、青崎集落からなら神の山を越えて歩いていくしかないでしょ？　あるいは県道を池間大橋近くまで行って、神の山を回りこむ農道しかないやないですか？」

仲間の言葉で、遠見台《とおみだい》にのぼったときのことを思い出した。神の山は標高五十メートルほどだが、そこに至る道は幅一メートルもなく、車が通れるように拡幅するなんて、どだい無理な話だ。

となると、青の浜への道は、神の山を回りこむしかない。だが、そのルートは御嶽の真ん前を突っ切ることになる。

――しかし、そんなことを青崎の人たちが許すわけがない。

自治会長の福原が梶原と目を見かわし、おもむろに口をひらいた。

「神の山を回りこむなんてことはせんよ。ドーンと神の山にトンネルを掘るさぁね」

「トンネル？」

「神の山に……」

涼太も仲間もおもわず言葉を失った。

「入っちゃいかんというのは、ツカサたちから教えられてきたが、トンネルを掘っちゃいかんとは、誰からも聞いておらんさ」

福原はひょうひょうとして言い、梶原は満足そうにほほえんだ。

＊　　＊　　＊

「ずるいぞっ！」

いきなり真田が福原に向かって大声を上げた。

「狡猾奸佞《こうかつかんねい》。悪辣《あくらつ》非道。じつに、たちが悪い」

顔は青ざめ、足もとはちょっとふらついている。

水を打ったように、その場が一気に静まりかえった。

小久保と梶原が真田のほうを見て、唇の端で笑っている。

涼太は梨花にすばやく目くばせした。梨花は軽くうなずく。この程度ならやらせておけという意味だろう。

「おことばだが、何をもって『ずるい』と言うのかね？」

福原がわざと重々しい声音《こわね》で言った。

「あんたのは典型的なご飯論法じゃねえか」

「ご飯論法？」

「そんなことも知らねえのか。『朝ご飯食べた？』って訊《き》かれて、『ご飯（米）食べてない。パン食べた』とこたえる姑息《こそく》な物言いを『ご飯論法』って言うんだ。論点をずらし、筋違いなところに議論をもっていく屁理屈《へりくつ》だ」

「なにをおっしゃる。わたしは事実をただ素直にのべただけだ」

「真田さん。トンネルが嫌なら、ホテルへの良いアクセス方法、他に何かお考えがあるんですかね？」

梶原がにやにやしながら福原のあとにつづいた。

「なんでおれがそんなこと考えなくちゃなんねえんだ。そもそもお前らがリゾートをつくろうと言いだしたんだ。だから、こうなってんじゃねえか。バカも休み休み言え」

「バカ……とおっしゃいましたね」

プライドを傷つけられた梶原が鼻息を荒くした。

「バカにバカと言って、なにが悪い」

「ただ反対反対と唱えるだけで対案を提示せえへんのは、それこそ、ずるいんちゃいますかぁ？」

小久保がせせら笑った。

真田はいまや福原、梶原、小久保に取りかこまれた格好だ。

「つるっせえ。このサイコロ顔の忖度《そんたく》野郎めが」

言うがはやいか、真田は小久保の首をしめ上げようと腕を伸ばした。

次の瞬間、大きな音がたった。

真田の振り上げた腕がテーブルに並んだビール瓶を何本かなぎ倒し、床に落ちて砕け散った。小久保は思わず身をひいたが、福原にかなりの量のビールがかかった。

その場に動揺とざわめきが起こった。

涼太と仲間が、すかさず真田と三人のあいだに割って入る。

「もう、このくらいで……」

涼太が真田の目を見つめてなだめるように言い、仲間は真田の肩にやさしく手を置いた。

「お、おお……」

言葉にならぬ声をだし、真田はすこし我に返ったような顔になる。荒い息を吐き、いま一度、福原、梶原、小久保を睨《ね》めまわした。

「言葉をあつかう者として、お前らの言葉はいっさい信じん。いったい何をしでかすかわからん。おれの名代《みょうだい》としてこいつを青崎に置いて見張らせるからな!」

そう言って涼太の背をポンとたたくと、いいな、と言いおき、憤然と部屋を出ていった。

16

福原会長宅でのパーティーは、気まずい空気のままお開きになった。

民宿の部屋にもどると、酔眼朦朧《すいがんもうろう》となった真田が泡盛のオン・ザ・ロックを傾けていた。

「涼太。お前も飲《や》れ。業務命令だ」

ドボドボとグラスに酒を注ぐ。

「編集の仕事は、おれと梨花がやる。仲間と美波さんを助けてやってくれ」

——まだ正気が残っているのだろうか……。

ちょっと判然としない。

「でも、こっちで仕事なんてあるんですか？」

「仲間が以前つとめていたラジオ局で人を探してる。番組の構成作家が足りないらしい。会社は那覇にあるが、構成原稿を書くくらいなら、ここにいてもできる。ラジオの仕事をやりつつ、バックアップしてくれ」

「…………」

「仲間夫婦にも話した。ふたりともえらく喜んでた。だから、残って応援してほしい」

涼太も福原たちの発言は腹にすえかねていた。

このまま放っておくと、青崎のおだやかな暮らしは確実にこわされていく。耳ざわりのいい言葉を並べているが、彼らは金《かね》もうけや権勢の拡大しか考えていないのだ。なによりイズミ・リゾートは地下水をくみ出しすぎる可能性がある。軌道に乗りはじめたミヤコ炭酸水の水源を涸《か》らしてしまうかもしれない。

仲間と美波はそれをいちばん心配している。沖縄イズミの國吉社長もこのリゾート計画には激怒している。今日の説明会でも明らかになったように、住民の分断はすでにはじまっていた。

涼太のなかには、このまま東京に帰ってしまうのは敵前逃亡じゃないかという思いもあった。

イズミ食品時代、内部告発者の疑いをもたれ、組織の裏切り者あつかいされた苦い記憶がある。

——二度とおれのことを卑怯《ひきよう》者扱いさせない。

戦うときは正々堂々とやる。それが自分の生き方だ。

そんな涼太にとって、イズミの社内でいわれなき中傷と誹謗《ひぼう》を受けたのは、歯がみするほどくやしかった。

根拠のないうわさを流したのは、日ごろから涼太のことを快く思わず、社長に都合のいい情報ばかり流していた梶原や小久保たちだと目星をつけていた。

くやしい思いはまだ生々しい傷として残っている。

あの屈辱を何としてもはらしたい。

——それに……。

おれはよそ者だ。部外者の視点から、青崎のひとたちに客観的な情報を提供できる。

なによりそうした冷静な視点が、同調圧力の強いシマ社会にとって大事な役割を果たすんじゃないのか。

だから、青崎に滞在できるのは、かえってありがたかった。

——おれにできることは何でもやってやろう。

涼太は強く心に決めたのだった。

涼太は事務所も蒸留所も兼ねた仲間の家の一室に住むことになった。

那覇のFMガジュマルには、仲間とともにあいさつにいった。ラジオ番組の構成はやったことがなかったが、仲間が「水に飛びこんだら、なんとか泳げるもんや」と言ってくれ、少し気が楽になった。

そういえば、編集ライターの仕事をはじめたときだって、広告コピーしか書いたことのないド素人だったが、結局何とかなったじゃないか。とにかくやってやろうと、ひらきなおった気分になっていた。

真田事務所は、出版社や旅行会社が発行するガイドブックの仕事をとってきて、それらをどんどん涼太に送ってきた。

青崎に住んだとはいえ、月の半分は沖縄本島や宮古八重山《やえやま》をめぐって記事を書き、誌面を編集した。ほとんどがお手のものの飲食関連の記事だったので、けっこう気楽に仕事をこなしていった。

＊　　＊　　＊

そうして数ヵ月がすぎ、ヒカンザクラも満開の二月になった——。

あたたかい日射しの入る気持ちのいい日、仲間酒造のぼろいソファーに座って、サンピン茶を飲みながら美波とおしゃべりしていると、

「そうそう、ちょっと聞いたんだけどね」

美波が眉《まゆ》をよせて切りだした。

「このまえ大福建設の北村さんのお母や共同売店の宮國さんの親御さんが両国《りょうごく》に行ったんだって」

「両国って……東京の？」

「うん。国技館《こくぎかん》にお相撲《すもう》を観に行ったみたいよー。桟敷《さじき》席で三段重ねの幕の内弁当や焼き鳥たべたり、お酒飲んだりして、とってもリッチな気分だったって。お相撲さんを初めてこの目でじかに観られたって、そりゃあ大喜びさ。北村さんとこのお母は、白鵬《はくほう》と炎鵬《えんほう》の腕にさわったんだってよー。真っ白な肌がお餅《もち》みたいだったってさ。女の子みたいに頬っぺた真っ赤にしてたよ。夜は銀座《ぎんざ》のふぐ料理食べさせてもらったそうさ。でもね、ふぐなんてハリセンボンの弟みたいなもんさね。わたしはアバサ《アバサ》の味噌汁《みそしる》のほうがよっぽどおいしいと思うけどねえ」

「桟敷席なんて、なかなかとれないですよ。それに、東京でふぐ料理は超高いですよ。めっちゃ豪勢ですねえ」

「あくる日がまた楽しかったってよー。はとバスで皇居前広場に行ってから、東京湾をクルーズして、スカイツリー。あの高いタワーに上ると、富士山《ふじさん》はもちろん関東平野《かんとうへいや》のすみずみまで見えるんだって。夜は、新宿《しんじゅく》でニューハーフショーを観て、とっても盛《だい》りあがったそうよ」

「北村さんのお母さんと宮國さんのご両親が自分たちから、相撲と東京見物に行こうって言いだしたんですか？」

「そんなわけないさぁ」美波は首をふった。「東京まで往復して、豪勢な食事して遊んだら、とってもお金かかるからよー。野地あゆみから誘われたって聞いたよ」

「あのダイビングショップの？」

「ああ、ミニスカートのおデブさんさ」美波は顔をしかめた。

「彼女は旅行会社や代理店に人脈があるからよ」

「野地さんが東京までつきそって往復したんですか？」

「なんせオジィ・オバアたちだからよー、右も左もわからんさあ」

「ほかにも相撲ツアーに参加した人は……？」

訊《き》くと、美波は涼太の知らない名前を十人くらいあげた。みんな八十歳を過ぎているという。

「青崎のオジィ・オバアって、そんなに旅が好き？」

「いいや。せいぜい那覇に行くくらいさ。お金だってないしね。聞いたところじゃ、大福建設がお金を出してるらしいよ。要するに、接待旅行さ」

「しかし、野地さんも会長にえらく肩入れしてますね」

「彼女は役員会でも福原さんを支持していたけど、以前からプライベートな関係がうわさされてるさ」

美波はにがにがしい顔になって言った。

「あのダイビングショップの建物。すごくデカイうえに真新しいですよね？」

涼太が首をかしげた。

「それも福原さんのおかげって言われてる。安くつくってもらったらしいさ。このところ島の建設費はとっても上がっているからよ」

「野地さん、人をたらし込むのが上手《うま》いんじゃないですか？」

「そうかもね。宮國さんのお父とお母は相撲ツアーに行って、完全に取りこまれてしまったからよー」

共同売店なんかもう古い。もっと明るくキラキラした都会的なコンビニに変えたほうがいいと、宮國の老いた両親は息子に言いだしたそうだ。

「みんながお金を出し合っているからこそ、病人のいる家に宅配したり、通い帳で支払いできてるのに……」

「そうさ。オジイ・オバアにとって共同売店はありがたい存在さ。なのに東京に行ってから、『これからは二十四時間店をあけて、集落の人だけじゃなくて観光客も入ってこられるようにしなけりゃいかん』って言う始末さ。『何より便利さがいちばんだ』って」

＊　＊　＊

涼太は仲間に誘われて、ひさしぶりに平良の街のバーに行った。

「モズク漁師の与那覇の奥さんが、山形の蔵王《ざおう》温泉に連れてってもろたんやて」

ミヤコ・ハイボールを見つめながら、仲間が口をひらいた。

「あの樹氷の？」

「そうや。宮古のひとは雪をあんまり見たことない。とっても喜んだそうや」

涼太は泡盛ロックを置いた。「会長と野地さん、ちゃくちゃくと反対派の取りこみを進めてますね」

「野地は以前は輸入食品会社の広報部員だったらしい。マスコミに人脈があるみたいや。PRのノウハウも持ってる。広報時代におじさんをたらし込むテクニックを磨いたんやろ。おれには、あんなトドのどこがええのか、ようわからんけど」

そう言って、のどを鳴らしてハイボールを飲む。

「なんだか悲しい話ですね」

「男の性《さが》をうまいこと突いてくるんやろ」

「与那覇さんは自治会のなかでも強力な反対派なのに、その奥さんがどうしてたぶらかされるんだろ？」

「野地はエステティックサロンをつくったんや。ハワイアン・マッサージのロミロミもやってる。で、まずは無料サービス券をたっぷりまいた。そうこうするうちに、『蔵王に行きません？　宮古ではぜったい見られない雪が、見られますよ。温泉でのんびりしましょうよ』みたいな話にもっていったんやろ」

「しかし、与那覇さん、よく行かせましたね」

「夫婦ふたりで一所懸命働いてるからね。子どもも内地に行ってるし。いつも奥さんに苦労かけてるから、ちょっと骨休みになるかなってダンナは思たんやろ。その気持ち、わからんでもないよ」

「聞いたところでは、福原さんは旅行や飲み食い接待以外にもちゃくちゃくと次の一手を考えてるようです。掛森《かけもり》大学観光学部の広田晋三《ひろたしんぞう》教授を招いて、アララガマ懇談会というのを主催するんだとか」

「なんじゃ、その、アラララっていうのは？」

アララガマとは宮古の言葉で「なに、くそっ」という意味だ。「宮古のアララガマ精神」というふうに使われる。

大きな台風が多いのに水が少なく、干ばつの多いきびしい環境のなか、宮古人はアララガマ精神を養ってきたとされる。かつて宮古八重山に敷かれていた人頭税《じんとうぜい》の撤廃運動も宮古人が中心になっておこなわれ、十九世紀末、農民たちは上京して帝国議会に直訴。人頭税撤廃を勝ちとった歴史もある。まさに宮古人の不屈のたましいをあらわす事件だ。

「観光客がどんどんふえているこの島で、観光収入の少ない青崎の人たちに、アララガマ精神とは何かをやさしく教えてくれるんだそうです」

涼太は皮肉たっぷりに言った。

「誰も泊まってくれず、池間島に向かうクルマが素通りする青崎の人たちよ、なにくそっと思って、どんどん観光客をよべってか」

「ま、そういうことでしょう」

仲間はちょっと宙を見つめていたが、

「広田晋三って、たしか会ったことあるなあ。民俗学の研究で青崎に来てたよ。ヘラヘラ揉《も》み手《で》するようなやつで、とても学者とは思えんかったな」

仲間が住みはじめたころ、青崎は民俗学の宝庫と呼ばれ、古くからの祭祀《さいし》儀礼や歌謡がたくさん残っていた。研究者たちもフィールドワークでたびたび長期滞在したそうだ。

涼太が口をひらいた。

「老人部、女性部、そして一般部と三つのアララガマ懇談会をひらいて、青崎の歴史文化をどうすれば観光業に結びつけられるかを話してくれるみたいです」

「リゾート建設をすみやかに前進させるために、住民をうまくオルグするんやろ？」

「そういうことです」

「広田は人当たりがやわらかい。オジイ・オバアはあっという間に懐柔されてしまうやろな……」

きっと野地あゆみが福原に入れ智恵したんだろう。

賛成派の広報宣伝戦略を練り、すみやかに実行に移しているのは彼女なのだ。イズミ・リゾートができると、野地にもかなりの金と利権が入ってくるにちがいない。

そのとき、バーの扉がきしんだ音をたてて開いた。

「お、仲間さんに涼太クン。おそろいで」

振りかえると、そこにいたのは、先日の会議で司会進行をつとめていた池間平勇だった。

軽い身ごなしでスツールに腰をおろす。

涼太は、池間が宮古タイムスの記者だったことを思い出した。

これまでの話を池間に伝えると、

「とにかく青崎の住民を分断したいわけさぁ。推進派にとっては、みんなに一つになられるのがいちばん困る。だから情報を共有させない。それが彼らの戦略さ」

池間がこたえた。

そういえば、とマスターがカウンターの中でグラスを磨きながら言った。

「二週間ほど前、東京の映像制作会社のクルーが数人、お見えになりましたよ。翌日、青崎をドローンで撮影すると言ってらっしゃいました」

「きっと神の山やヴィラの建設予定地を空撮したんだろう」

池間が腕組みした。

「めっちゃ美しい映像になるでしょうね」

「そんな動画を見たら、みんな青崎に行きたくなるやろなあ」

「しかし……推進派にやられっぱなしですね」

「あいつら、青崎の人が喜びそうなとこをうまく突いてくる。こっちも広告のプロや放送局で働いてた人間がおるんや。もっと対抗戦略を出さんといかんな」

「わたしは新聞記者として、住民に寄りそった記事を書いているつもりです。しかし、なかなか世論を大きく動かしきれていないんです」

「いや。池間さんには感謝してるよ」

――新聞の文字は小さいから、オジィ・オバアには読みにくいんじゃないのか……。

そうだ、と涼太は目を輝かせた。

「広告打ちませんか、大きな文字をあしらったキャッチフレーズで。宮古タイムスに全ページ広告を出しましょう」

「そうか。その手があったな」仲間の目が輝いた。「リゾート反対って意見を言っていいんだと、青崎のひとの背中を押してくれる」

「でも……そのお金はどこから出るんですか？」池間が訊《き》く。

「沖縄イズミに頼んでみる。國吉社長はぜったいこの話に乗ってくる。かれにとってもミヤコ炭酸水は会社の死活問題やから」

「もちろん広告クリエイティブは真田事務所が無料でつくりますよ」

涼太は請け合った。

「島の経済界を気にしていたうちの幹部連中も、広告費が入ってくるとなると、ちょっと違ってくるさぁ」

＊　＊　＊

翌日、買い出しをする美波のお伴《とも》をして、宮古空港近くにある大型スーパーに車で向かった。

「いま通ってる左手が袖山《そでやま》浄水場さ」

ハンドルを握りながら美波が言った。

「青崎の飲み水はこの浄水場からやって来るさ」

美波の指さす先には、フクギ並木の向こうに、コンクリートでできた円柱の塔が見えた。周りには芝生が敷きつめられ、トックリヤシの樹が植わっている。

「宮古島の飲み水はみんな地下水だからよー。でも、ミサイル基地や弾薬庫ができて、その水が汚される危険があるって話、知ってる？」

「ほんと、ひどい話ですよね。梨花さんの生まれた嘉手納の比謝川でも、米軍基地からフッ素化合物が地下水に流入してたいへんなことになってるって聞きました。それとまったく同じですね。結局、地下水を汚すのって、天に唾《つば》することですよ」

美波はハンドルを左に切って、スーパーの駐車場にバックで車を乗り入れた。ゆんたくしながらも正確な運転ができる。那覇のラジオ局で働く前は、タクシードライバーもやっていたそうだ。

「中央でふんぞり返ってる政府や企業は、自分たちの近くに置いておきたくないモノは何だって日本の端っこに押しつけてくるよ」

美波はサイドブレーキを引いた。エンジンを止めて、ささやくように言う。

「うちのオバアが福原さんから、東京に行かないかって誘われたってよ」

涼太はしゃぶっていた黒糖のかけらを思わず飲みこんだ。

「また、接待ですか？」

「加部《かべ》首相の主催する『桃を見る会』に一緒に行こうって。福原さんは加部さんの後援会に入ってるからね。島のミサイル基地や弾薬庫の件もしっかり連携しているらしいよ」

「両方とも大福建設が関わってましたよね」

「そりゃ、そうさ。大福抜きでこの島の土建は成り立たんよ」

美波の母方のオバア、仲嶺《なかみね》カニメガは、「水の主」という水の神さまをお祀《まつ》りするツカサだったが、いまは高齢で引退している。

涼太は一度だけカニメガ・オバアに会ったことがある。

はじめは単なる老婆と思ってしゃべっていたが、青崎の神行事や神の山、大神島のことに話がおよぶと、オバアの二つの目は見ひらかれ、らんらんと輝きはじめた。からだ全体から、ものすごいオーラが放たれて、涼太は全身総毛立った。そのことははっきりと覚えている。

「桃を見る会」は、東京の新宿御苑《ぎょえん》で毎春、総理大臣が催している公の行事だそうだ。加部が首相になってからは、自分のお友だちや芸能人、後援会関係者、妻のお友だちを中心に、以前よりはるかに多くの客を招いている。

実質的には「加部首相を囲む会」で、そこに招待されることは、地方の政治家や経済人にとって大いに宣伝バリューのあることだった。

「桃を見る会の前夜祭にも招かれているみたいさ。『有名人にいっぱい会えるよ。お笑いの人も来るからよー。首相とハイタッチできるさ』とニコニコ誘ってきたんだって」

美波がしぶい顔になって言った。

福原にとって、神高い青崎の人びとを籠絡《ろうらく》する際にいちばん厄介なのは、このカニメガ・オバアのような神事をつかさどってきたオバアたちだった。

「青の浜は先祖のたどり着いたシマの創始の浜で畏《おそ》れおおい土地だ」「磯井《イスガー》とつながった井戸水を横から盗むように飲むなんて、神さまからの祟《たた》りがあるよ」など、何を言われるかわからなかった。

そして、そんなオバアたちのリーダーが、仲嶺カニメガだった。

「カニメガ・オバアは、桃を見る会に行きたいって言ってるんですか？」

ショッピングカートを押しながら、涼太は訊いた。

「それが……行きたいって言うんだよ」

「えっ」

「こんなことがないと総理大臣になんかめったに会えんからよーって」

「ほんとですか……」

「なんでかねー。私にはさっぱりわからんさ」

そう言って、棚にあるトイレットペーパーをぼんやり見つめ、美波はため息をついた。

「ほかに、青崎の神事にかかわっていたオバアは、どなたか行かれるんですか？」

「いや」美波は首をふった。

「カニメガ・オバアだけさぁ。元のツカサたちみんな、行きたくないって言ったそうさ。だからカニメガ・オバアに何度も訊いたんだけどね。がんとして『行く』ってきかないわけさ」

17

ひと月ほどたった、春の午後。

カニメガ・オバアがお土産をたずさえて、仲間酒造の応接室にやってきた。

「すごかったさぁ、東京は」

こわれたソファーに座るなり言った。

「人も車もどこから湧いてくるのかね。あんなところに住んでいて、よう息がつまらんさ」

年老いても魅力的な、くっきりした二重まぶたの目を見ひらいている。

前夜遅く、東京の旅から帰ってきたのだ。

新宿中村屋のかりんとうを仲間と美波、涼太にすすめながらよく通る声でつづけた。

「桃を見る会はそりゃあ盛大だったよ。テレビでよく観るタレントさんがいっぱいおってね。福原さんがいろんな人を紹介してくれたさ」

そう言って、オバアはサンピン茶でのどをうるおした。

「やっぱり、沖縄のお茶は格別さねえ」

オバアがあちら側に取りこまれたのかどうか、涼太は内心どきどきして見ていた。

同じく落ちつかない様子だった美波が、意を決したように口をひらいた。

「で、福原さんからは、だれを紹介してもらえたの？」

「イズミ本社の源田和泉社長。加部首相と源田さんは大学時代からの友だちらしいよ。同じ時期にアメリカに留学していたってさ。でも、卒業はできんかった。二人とも勉強がダメだったって」

たしかに首相は「云々《うんぬん》」という字を「でんでん」と読んだことがあった。金持ちの三代目のおバカさんというのも加部と源田の共通点かもしれない。

茶碗《ちゃわん》を置いて、オバアが口をひらく。

「隅田《すみだ》川の屋形船にも乗せてもろうてね。飲めや歌えの大騒ぎさ。わたしもカラオケ歌ったよ」

「そりゃ、よかったですね」

煙草をくゆらせ貧乏ゆすりをしながら、仲間がいかにも気のない返事をする。

うれしそうに語るオバアの姿に、美波もちょっといらついたようだった。

「ほかにはどこか行ったの？」ぶっきらぼうに質問した。

「加部首相ご用達《ようたし》のステーキの店に連れていってくれたさ。福原さんは総理大臣や取りまきにずいぶん食いこんでいるようだったね。子分たちと親しげにしゃべっていたからよ」

「で、首相ってどんなひとだった？」

美波が訊《き》いた。

「あれは愚か者さ」

オバアは笑いながら言った。

「おちょぼ口の舌足らずで、何を言うてるのか、ようわからん。漢字が読めんから、演説の原稿にはふりがながいっぱい振ってあるってよ。福原さんが笑いながら教えてくれたさ。取りまきは〝バカの加部〟をうまいこと利用しておるさね。みんなで甘い汁を吸うだけ吸って、そのあと何かあっても誰も責任を取らん。結局、痛い目を見るのはわたしらさ。先の戦争がそうだった。東京に行って、ほんと良かったよ。どうして青崎にリゾートを作ろうとするのか、ようくわかったさね」

「じゃあ、オバアはリゾート建設は反対なの？」

「あたりまえさ」

オバアはかりんとうをぽりぽり齧《かじ》った。

美波と仲間は思わず吐息をもらす。涼太もほっと胸をなでおろした。

まさか推進派に取りこまれはしまいと思っていたが、一抹の不安はあった。

「福原さんと中央の結びつきをこの目でしっかり見たかったわけさ。わたしの思った通りやった」

「野地あゆみも一緒に行ったんですよね？」

「ああ。桃を見る会でも、パンツ見えそうなミニスカート姿で、知り合いに媚《こ》びを売っておったよ。まさに桃を見る会さ。欲望うずまくパーティーだよ」

そう言うと、煙草に火をつけた。

「『最後は金目でしょ』と言った大臣がいたよね。自分がおカネで左右されてるから、他人もおカネでコントロールできると思っているさ」

美波が、ふんと鼻を鳴らす。

「戦争だって儲《もう》かるからやるんだろ。自分たちさえ儲かればいいんだよ。島のことなんか考えちゃおらん。福原さんもそうさ」

オバアはフーッと紫の煙を吐いた。

「長らく水の主をさせてもらって、いろいろ考えてきたよ。水は命を与えてくれるけれど、奪いもする。雨が続けば土砂崩れになる。流行《はや》り病いにもなる。海難事故もおこる。水はこわいさ。どっちにも転ぶよ。人間が簡単にコントロールできるもんじゃない」

オバアがつくづくと感じ入った様子で言った。

「まるでお酒みたいですね」

涼太が言った。おもわず真田のことが頭に浮かんでいた。

「うまいこと言うじゃないか」

とオバアが笑って続けた。

「もともと、ひとは自然に感謝しながらも畏《おそ》れ敬ってきたさ。だから神さまというものを考えついたわけさ。ことに青崎はやせた土地やった。だから、みんなで力あわせて田畑や海に出た。ところが電気や水道が通って、野良《のら》仕事の機械も入り、どんどん楽になっていったよ。これはこれでありがたいことやったが、人間は楽すると頭を使わんようになる。そうすると神さまも要《い》らんようになってきたさ。お祈りなんかせんでも、生きていけると思うようになったよ」

「きびしい環境だったから、いろいろ工夫したんですね……」

「モノが豊かなのはいいが、呆《ほう》けてしもうた。でも、誰もおのれがバカになったとは思うてない。そこがまたバカたる所以《ゆえん》さ。東京で首相と取りまきを見て、あらためてそう思うたよ。呆けると、ひとは利で動くようになる」

「真実を言うと、自分の利が失われる。だから何も言わない」

「王様が裸で歩いても、誰もそれを指摘せん。見て見ぬふり。いざこざは避けたいさ。それとね、これは大事なことだけどよ……ひとは、なるべくなら、ものを考えんと生きていきたいわけさ。考えるのは面倒くさいからね。昔、歌手だったとき、レコード会社のマネージャーが『大衆は幼稚だから、楽《らく》して泣き笑いしたいさ』と言うていたよ」

カニメガ・オバアは若いころ、コザで民謡歌手をしていたと美波から聞いたことがあった。歌謡ショーで沖縄の島々を旅したそうだ。でも「自分が歌いたいのは神歌だ」と芸能界から身をひき、宮古にもどったという。

オバアはつづけた。

「福原さんと野地あゆみの作戦はいかにも楽しそうで、みんな喜んでとびつきそうなことさ」

「大衆戦略に長《た》けたやり方ってことやな」

仲間がつぶやくように言った。

「『反対！』って言うと、こぶしを振り上げているみたいで怖いさね。そういうのは島のひとは嫌がるよ。そんなことより、旅したりおいしいものを食べさせてもらうほうが、楽しいさね。それで福原さんに親しみをもつわけさ」

「こんど宮古タイムスで大きな新聞広告を出すんだけど。オバア、それ以外にこっちは何すればいい？」美波が率直に訊いた。

「ほとんどのひとはリゾート反対さ。ところがおおやけの場に出ると、だんまりを決めこむよ。他人の目が気になるからね。それと……はっきり言って危機感がないさ。何とかなるだろうって思っているよ。大事なものが失われるのが、わかっておらんのさ」

「神高いといわれるこの青崎で、ですか？」

涼太は首をかしげた。

「もう、かつての青崎じゃないよ」

「でも、リゾート建設に疑問をもってるひとが多いんですよね？」

った。

涼太のことばにオバアはうなずき、しばらく考えていたが、そうだ、と言って手をう
「あんた、イケメンで優しいから、オバアにけっこう人気あるさあね」

「え？　ほんまですか？」おもわず関西弁になった。

「そうさ。あんたが一軒一軒シマのお家《うち》を回ったらいいさ。きっとオバアたち、喜ぶよ」

「ぼ、ぼくが？」

「ぜんぶ回っても知れているさ」

「よそ者がそんなことして嫌がられないんですか？」

「あんたなら大丈夫」

「選挙運動みたいに回るってのも、なんだか……」

「そうや。パンフレット作ったらどうや？　それを持って、オジイ・オバアとゆんたくするんや。真田事務所はそういうの作るのが仕事や。広告戦略はお手のもんやろ」

仲間が目を輝かせた。

――たしかに良いアイディアだ。

「でも、コンテンツ、どうしましょ？」

「昔の青崎の写真を載せて、そこに、いつ、どこそことキャプションをつけたらどうや？　豊年祭とか海神祭、ハーリー、十五夜の大綱曳《ひ》きとか。懐かしい風景があらわれて、そこに知り合いが写ってたりしたら、なおええやん。自分たちを育ててくれた大

切な景色が失われることの意味もわかってくれるんやないかな」

「この十年でも青崎はだいぶ変わりましたもんね」

「写真は市のアーカイブや宮古タイムスが持っているはずや。それこそ、池間さんに聞けば教えてくれる。善は急げ。さっそくパンフレット制作に取りかかろうや」

「涼太は、よそ者・若者・馬鹿者の三拍子そろっているから、大丈夫さあ」

カニメガ・オバアが笑いながら言った。

18

五月初旬——。

イズミ・リゾート主催の、はじめての住民説明会がひらかれた。

リゾート側からは梶原社長、小久保と一色。沖縄イズミからは國吉社長。住民側からは自治会役員ほか、集落のおもだった人たちが出席し、涼太もオブザーバーとして参加した。

イズミのプレゼンテーションはじつに巧みだった。

一色がパソコンを操作して美しい動画を見せる。

映像はドローンを使って撮影されていた。

カメラはまるで鳥のように高空から滑らかに神の山に下り、青崎集落をゆっくりと旋回する。みどり濃い風景を映しだすと、エメラルドグリーンの海をすべるように飛んで大神島方向に抜けていった。目のさめるような青とみどりに彩られた世界は、感動的な音楽につつまれていた。

ヴィラの姿はコンピューター・グラフィックスで合成され、圧倒的なリアルさで立ち上がっている。

集まった人たちは身を乗りだしながら、ため息をもらした。

このリゾート建設がいかに日本中の注目を集めているか、一色があらためてアピールすると、多くの住民が相づちをうった。

――お金があれば、こういうこともできる……。

涼太はくやしい思いでいっぱいだった。

しかし、カニメガ・オバアは違った。まったく意気消沈などせず、司会者に向かって、背すじを伸ばして手をあげた。

司会の小久保は神事をつかさどっていたオバアを無下にするわけにもいかず、「では、ご意見、どうぞ」と指さした。

「このリゾート建設は内地の企業と、そこに取り入って甘い汁を吸おうとするこの島のエライさんたちのためにあるさ」

カニメガ・オバアのストレートな物言いに、一瞬、集会室の中がざわめいた。

オバアは淡々とつづける。

「リゾートを作ることで、せっかく湧きだした秋男と美波の炭酸水がとぼしくなってしまうさ。わたしはあの水飲んで血圧が下がったよ。糖尿病が改善したという人もおるさ。あれはスディ水。よみがえりの水さ。神さまが与えてくださった霊験あらたかな炭酸水を、この建設工事が涸《か》れさせてしまうんだ。あんたら、美と健康がうたい文句なんだろ? リゾートができると、シマの人が美しく健康になるのかい?」

とても老人とは思えぬ鋭いまなざしを、梶原と福原に向けた。

梶原は目をしばたたいた。

福原はわざと半眼になっている。

「みんな」カニメガ・オバアは集会室に集まったシマの人たちをぐるりと見わたした。

「そこんとこ、どう思うね?」

涼太や仲間、國吉は拍手を送ったが、小久保は意に介するふうもなく、オバアの言葉をさらりと受けながした。

「では、ほかのご意見、ありまへんか」

資料をめくりながら、淡々と議事をすすめようとした。

そのとき、美波がすかさず立ち上がった。

「オバアの言うとおりさ。大きな建設計画がこの静かな集落ではじまろうとしているのに、なんでリゾートの賛否を問う住民投票をしないさね?」

「あの、申しわけありまへんが、住民投票をするかどうかは、青崎のみなさんがお決めになることでありまして、うちらとしては関知でけんことですわ」

ふたたび集会室の中がどよめき、こんどは仲間が立ち上がった。

「水脈調査のことは、以前、イズミ・リゾートさんが役員会にいらしたときに、約束していただきましたよね？」

仲間の問いかけに対して、小久保の横に座った一色が口をひらいた。

「はい。たしかにお約束いたしました。ただ、いましばらくお待ちいただけますか？　現在、データを精査している最中でございまして、次回の自治会役員会で正式に発表させていただこうと思っております」

＊　＊　＊

六月も半ばを過ぎた。

宮古島は例年より少し早く梅雨が明け、すがすがしい夏空が頭上に広がっている。空気もみずみずしく、みどりの香りもさわやかだ。

軽トラックを運転して池間大橋を渡り、県道を青崎に向かっていると、二台のトラックとすれ違った。

涼太の横には美波が乗っている。

東京のアウトドア雑誌の仕事で、池間島の海人《いんしゃー》を取材することになり、かつてカツオ漁をやっていた美波の叔父《おじ》さんを紹介してもらい、インタビューにつきあってもらったのだ。

美波は首をめぐらして、すれ違ったダンプカーの姿を目で追いかけた。

「このあたりで工事あったっけ？」

不審な顔をする。

「池間島の港の工事もずいぶん前に終わったって、叔父さん、言ってましたよね」

涼太はブレーキを軽く踏んでスピードをゆるめ、バックミラーを見つめた。

荷台が泥に汚れたダンプカーは、池間島の方には向かわず、県道から青の浜に出る農道に曲がっていく。

涼太はすぐさま軽トラックをUターンさせると、ダンプカーの後を追って農道に入っていった。

なんどかこの道は通ったことがある。

以前は道の両側に丈高い草が生い茂り、軽トラック一台通るのがやっとだった。いつのまにか道幅も広くなり、舗装もされている。

悪い予感がした。

——ひょっとして、リゾートの資材運搬の道にしたのか……。

白砂の浜とはおよそ不似合いなアスファルトの道は、フクギの高い樹々に囲まれた御《う》嶽《たき》のすぐ前を横切り、浜に沿ってしばらく延びていた。

御嶽には龍宮神《りゅうぐう》が祀《まつ》られ、毎年旧暦二月の卯《う》の日や旧暦五月四日には、船の航海安全と豊漁を祈願するたいせつな神事がおこなわれるそうだ。

舗装道路は、御嶽を越えてしばらく行ったところで終わっていた。

驚いた。

かつて、このあたりにはアダンやモンパノキ、クサトベラの群落があり、ぶ厚い葉っぱを強い日射しにてらてら光らせていたのだ。

しかし、いま、浜の一部はすっかり地ならしされていた。

先行する二台のダンプカーはアスファルト道路をおりると、土ぼこりをもうもうと立てて爆走していく。荷台には「大福建設」とくっきり書かれている。

簡素なプレハブも建てられている。たぶん工事の現場事務所だろう。

「ここは神の山のはずれさ。いったい、だれの許しを得て、草木を伐採したんだろう？」

美波は不審げな視線を向けた。

ちょっとした広場のようになった更地《さらち》にはダンプカーやブルドーザー、パワーショベルが数台置かれていた。ならされた土地の隅では、重機と連動した高さ五メートル以上ある杭《くい》が地面に向かって屹立《きつりつ》し、ときどき、ダ、ダ、ダ、ダと大きな音を響かせている。

プレハブの脇に軽トラックをとめた。

中からグレーの作業服の男がゆっくりと立ち上がり、光がまぶしいのか、手を目の上にかざしながら背をまるめて出てきた。

サイコロみたいに四角くて、ニキビの跡がめだつ月面のような顔。イズミ・リゾート総務部長の小久保だった。

薄ら笑いを浮かべ、つかつかと軽トラックの方に歩みよってくる。

美波は軽トラからおりると、聞こえよがしに大きな音をたててドアを閉めた。

「なに、やってんのさ？」

いきなりけんか腰《ごし》に小久保に訊《き》いた。

「見てもうたら、わかりますやん？　工事ですわ。ご迷惑おかけしてましたら、えろう、すんまへん」

形だけ、あやまった。

「どうして御嶽のすぐ近くで、こんな工事やってるわけ？」

「そんなこと言わはっても、ここは市長の岸本さんとこの土地でっせ」

「昔から、ここは神聖な場所さ」

ダンプカーからは、同じ作業服に身をかためた土建業の北村が、小太りの身体を揺らしておりてきた。
ダ、ダ、ダ、ダ、ダ――。
ふたたび大きな音が響いて、猛然と土ぼこりが立った。

北村がこちらに近づきながらしゃべりかけてきたが、騒音にかき消されて、まるで聞こえない。

「何ですか、あれは？」

涼太は地面に刺さった杭を指さして、声を張りあげた。

「ありゃあ、井戸掘りの機械じゃ」

「は？」

「井戸を掘ってる……？」

美波が北村をにらみつけた。

「ほうじゃ。試掘《しくつ》じゃ、試掘」

北村は胸ポケットからクシャクシャになったハイライトを取りだした。

「試掘って……」

「私有地じゃけえ、何の問題もないじゃろが」

ライターで煙草に火をつけ、紫煙をくゆらす。

「いくら調査では大丈夫いうても、実際に掘ってみんと、ちゃんと水が出てくるかどうか、わからんけえのう」

青の浜がその皮膚を無理やり剝《は》がされ、かなしい悲鳴をあげているように見えた。

梨花がアトピー治療のステロイドをやめたとき、リバウンドで皮膚が赤土みたいにドロドロにくずれたと聞いていた。おもわずそのことを思い出した。

ふと見上げると、そこにはいつもと変わらず、どこまでも澄みわたった青空が広がり、水平線近くには入道雲が湧きたち、その端がまぶしく光り輝いている。

「こんなことを、よくも……」

美波の顔は青ざめ、うつろな目になっている。

そういえば、福原が、神の山に「入っちゃいかんというのは、ツカサたちから教えられてきたが、トンネルを掘っちゃいかんとは、誰からも聞いておらん」と言っていた。まさか、ほんとうにやるとは思っていなかったが、いま目の前で起こっていることは、それに近いことだった。

かれらは「やる」と言ったら、有無を言わさず「やる」のだ……。

長いものに巻かれた方が楽だという住民のこころの傾きを強めるためにも、民俗学者・広田晋三による「アラガマ懇談会」という会合を定期的にもよおしている。オジイ・オバアたちは、イズミ・リゾート側に確実に説きふせられているようだ。

いっぽう、涼太の戸別訪問はまだはじまったばかりだ。

当初、オジイ・オバアたちは突然やってきた涼太にとまどっていたが、話をするうちに「あんた、内地の青年だろ。道で見かけたことあるよー」と心を開いてくれた。カニメガ・オバアが言っていたように、若者が少ないこのシマでは、涼太はめだつ存在だったのだ。

オジイ・オバアは涼太と縁側でサンピン茶を飲みながら、昔の写真を遠いまなざしになって見つめ、当時の思い出話に花を咲かせた。

そんな矢先、浜で井戸の試掘がはじまったのだ。きっとイズミ・リゾートと福原は、なしくずしにリゾート建設を進めていくに違いない。

美波は小久保のほうに大股《おおまた》に近づいていった。

「この浜はいままで工事はおろか、植物だって伐採されたことはないょ。井戸は岸本さんの土地に掘ってると言ったけど、モンパノキやアダンの繁っていた土地はいったい誰の許しを得てるのさ」

小久保はあからさまに面倒くさそうな顔をした。

「えーっと、あそこ、誰んとこやったかいな?」

北村にたずねた。

「ああ、マンゴー農家の仲田《なかた》さんと神塩《かみしお》の神谷《かみや》さんとこじゃった。二つ返事で了承してくれたわいのう」

涼太も何度かオブザーバーとして出席した自治会役員会で、仲田は集落の経済活性化が大切だと言いつづけていたが、宮古島の有名ブランド「神塩」をつくりあげた神谷は、「きれいな海がなければ、いい塩は生まれない」とリゾート建設に反対していたのではなかったか。

——なんで、神谷さんまで……?

美波と涼太は顔を見あわせた。

たしか神谷の妻は、野地あゆみに蔵王温泉に連れていってもらっていた。野地の経営するエステティックサロンの無料券をもらい、沖縄本島でゴルフとフランス料理の接待攻勢をされたとも聞いていた。

毎日の仕事に追われ家庭を犠牲にしてきた神谷は、妻にまったく頭が上がらない。神谷夫妻は福原派にころんだという噂が流れていたが、それはほんとうだったのだ。

小久保が暑そうに手で顔をあおぎながら、口をひらいた。

「もちろん、うっとこのリゾート建設予定地の土地所有に関して、役場の人にちゃんと調べてもうてるねん。あんたらが訊きたいのは、そこんとこやろ？」

御嶽や神の山の周りは公有地だとばかり思っていたが、そうではなかったのか……。

美波も涼太と同じように思っていたようだ。

「岸本さん、仲田さん、神谷さん、宮國さんが持ってはる土地や。うちらは、みなさんと話し合《お》うて、納得してもらいながら工事を進めるつもりや」

「宮國さんって、共同売店の？」

と涼太が訊く。

「そうや。宮國さんも協力的や」

「まさかよー……」

力なく言って、美波は小久保の顔を不審げに見つめた。

「まさかの、まさかや。世の中はわからんもんやろ」

にやりと小久保は笑った。

＊　＊　＊

青の浜からの帰り道、軽トラの助手席に座った美波は、イズミ・リゾートの住民説明会を思いだしていた。

「水脈の調査結果を精査中と言っていたけどよ、あれからひと月もたつというのに、自治会の役員会がまだ開かれんさ。なのに、井戸を試し掘りしてるって、いったいどういうわけさ？」

「調査の結果が芳《かんば》しくなかったんじゃないんですかね」

ハンドルを握りながら涼太がこたえた。

「でも、目玉商品の水がなかったら、ホテルなんか建てられんさ」

「そのときは浄水場からの水道が青崎まで来てるから、それを延ばせばいいだけでしょ」

「は？　そうなったら、ミヤコ炭酸水と結びつけた『美と健康のリゾート』なんて謳《うた》えないさ」

「炭酸水の湧きでた青崎にリゾートがある。それだけでいいと思ってるんですよ」

わざと軽々しく言った。

「コテージではボトル入りの炭酸水を飲めばいいし、炭酸泉の露天風呂《ろてんぶろ》なんかなくても、大神島をのぞむあの絶景があれば、お客さんは来ます。タラソテラピーだとか流行《はや》りものを揃えれば、海の幸もふんだんにあるし、美しい海でのマリンスポーツだってできるし、ちゃんと商売になりますよ」

「なるほど。そういうことか」

美波は少し視線を宙に泳がせ、

いたのだろう。


「……そうだ。共同売店に寄ってみない？」と言った。

たぶん、さっき小久保から聞いた「宮國さんも協力的や」という言葉が引っかかって
東京に旅して以来、宮國の両親は共同売店をコンビニにしようと息子にすすめている
らしい。その話は涼太も美波もうすうす知っていた。

「いいですよ」

涼太は二つ返事でハンドルをきった。

「ちょうど冷蔵庫の野菜もなくなっているからさ」

美波は、風に揺れるサトウキビにぼんやりと目をやった。

共同売店に入ると、宮國清はレジの前に立って、ひとりのオバアを相手にピーマンの
出来についてしゃべっているところだった。
宮國がちらっと涼太と美波の方に目をやった。
オバアはそんなことにはお構いなくしゃべり続けるので、涼太と美波は軽く会釈して、
店内を一巡しながら買うべきものを物色する。
マンゴーやドラゴンフルーツ、青パパイヤなど沖縄ならではの野菜はもちろん、トマ
ト、冬瓜《とうがん》、ピーマン、ほうれん草、レタス、大根、島らっきょう、芥子菜《からしな》、オクラ、か
ぼちゃ、島トウガラシ、落花生など、ここで育った野菜がふんだんに並び、タコ、イカ、

グルクン、カツオ、マグロなどの鮮魚、モズクや海ブドウなどの海藻、豆腐や和牛の冷凍ハンバーグ、バゲットから菓子パンまで、ありとあらゆる商品が所狭しと並んでいる。パッケージなど見ばえはよくないが、食べると鮮度抜群でおいしいものばかりである。

今夜の料理当番の涼太は、ゴーヤー《ゴーラ》チャンプルーを作ろうと、豆腐と卵、ゴーヤー、ニンジン、カツオ節、出汁《だし》の素などを買い物かごに入れていった。

十分ほどたち、やっとオバアが支払いをすませて、売店から出て行った。

出入り口近く、昭和時代の丸い郵便ポストの横には大きな木製テーブルと椅子が備えられている。そこで友だちのオバアが待っていたようで、売店を出るなり座りこんで、またゆんたくがはじまった。外から明るい笑い声がおこる。

宮國清はやれやれという表情をしながらも和やかな笑みを浮かべ、前に立った涼太と美波に軽くあいさつした。

買い物かごをカウンターに置く。宮國は手際よく、レジに数字を打ちこんでいった。

その指先を見つめながら、美波がおもむろに口をひらいた。

「さっき青の浜に行ったけどよー、なんか井戸掘り工事がはじまってたさぁ」

レジを打つ宮國の手が、一瞬、止まる。

「アダンやモンパノキがたくさん伐採されて、更地になってたよ。あそこにヴィラを建てるのかねー?」

美波が言葉をたたみかけた。

レジ袋に野菜をつめる宮國の額にうっすらと汗が浮かんできた。

「美波さんの言った件で、ちょっとうかがいたいことがあるんですが……」

涼太が宮國の耳もとにささやくように言うと、宮國は、わかった、というふうに軽くうなずき、アルバイトの女の子に店番を頼んで、共同売店の外に出た。

歩いてすぐのところにある仲間酒造に向かう。

芝が張られた裏庭には、小さなテーブルとビーチパラソルがしつらえられている。ふたりは宮國をそこまで連れだした。

共同売店で買ったミヤコ炭酸水を宮國に手わたし、美波はあらためてたずねた。

「単刀直入に訊《き》くけど、宮國さん、青の浜の土地を売ったんかね？」

「いや」宮國は首を強くふった。「……まだ」

「まだ……？」

美波と涼太は顔を見あわせた。

宮國はうつむいて吐息をつくと、炭酸水を開栓してひとくち飲んだ。

「正直いって、福原さんからも小久保さんからも『早く売ってくれ』って毎日、矢のような催促が来るさ。『補償金もあんたんとこには多めにするから』って。だけど、ぼくは御嶽《うたき》近くの土地を売りたいとは思わん……」

「だったら、どうしてノーって言わんわけ？」

美波が大きな瞳《ひとみ》をさらに大きくして、身を乗りだした。

「はあ……どうもこうもないさ……」

宮國は苦渋のいろを浮かべた。

「親父が共同売店をコンビニにしたいってしきりに言うさ。東京に行ったとき、野地あゆみと一緒に何軒もコンビニを見て歩いたそうなんだ。それ以来、効率よく儲《もう》けることが大事だって言いだして……。どうせシマが変わっていくなら、その波に乗ったほうがいい、と親父は言うわけさ。けど、コンビニにするにはお金もいる。まずは共同売店の権利をうちで買い取らんといかんし、店の改装費だって莫大《ばくだい》なものになるさ。うちにそんなお金なんかないよ」

福原が総帥《そうすい》である大福グループには、スーパーマーケット・チェーンの「ビッグハピネス」がある。宮古島はもちろん沖縄本島にも進出して成功をおさめている。傘下には「フクフク」というコンビニチェーンがあり、そちらは那覇や宜野湾《ぎのわん》、糸満《いとまん》など本島南部で展開している。

福原はそのコンビニを宮古島でも立ち上げたいのだ。

「あんた、共同売店は青崎の絆《きずな》の象徴だって、わかってるよね？」

美波が冷静な口調で言った。

「ああ……」

「このシマはみんな貧しかった。だから平等やったさ。お金払えん人には通い帳でツケにすることもできた。コンビニにしたら、ツケなんかできなくなるよ」

「そんなこと、ぼくが一番わかってるさ。でも……」

「でも？」

「リゾートの中にショッピング・エリアも作るらしい。で、そこにもコンビニを出さんかって小久保さんに誘われたわけさ。お金はイズミ食品が無利子無担保、返済期限なしで貸してくれると言ってくれている」

「あんた、二つのコンビニを経営していけるの？」

「いや」宮國は即座に首をふった。

「自信がないさ……どちらかの店を誰かに任せんと、ぼくには無理さね」

「じゃ、どうして、そんなに悩んでるのさ？」

たたみかけるように訊いた。

宮國は言葉につまり、ふたたび顔をくもらせた。

「……なんとしても金がいるんだ」

そう言って、肩をおとした。

「当たり前さ。お金は誰だってほしいよー」

美波は言いかけ、はっと言葉をのんだ。

顔を伏せ気味にして話を聞いていた涼太も、ただならぬ気配に顔を上げる。

宮國が声もなく肩をふるわせている。歯を食いしばるようにして、流す涙を見られないよう、すばやく首にかけたタオルで涙をぬぐっている。

「……ごめん。つい感情的になってしまって……」

宮國はうつむいたまま、こもった声でつぶやき、あおるようにして炭酸水を飲んだ。

＊　＊　＊

「共同売店は、うちのおふくろあっての店さ」

宮國のくぐもった声に、美波は黙ってうなずいた。

「美波ちゃんやぼくが生まれる前の時代に、おふくろが中心になり、シマのみんながお金を出し合って店を開いたけど、親父は最初あまり乗り気じゃなかったらしい。『畑さえやっていればいい。余計なことを』って言っていたそうさ。けど、おふくろの頑張りもあって、共同売店は青崎になくてはならんものになっていった。そうするうちに親父も店を手伝うようになったわけさ」

小学生のとき、両親が嬉々《きき》として店で働き、シマの人が集まってゆんたくしている姿が好きだと作文に書いたら、県のコンクールで表彰されたそうだ。

宮國自身うれしかったが、それ以上に父母がたいそう喜んで、ますます元気に働くようになったという。

「でも、だんだん青崎の人口も減って、商売もむずかしくなったさ。共同出資といっても、実際に店をまわしてるのは両親とぼくだからよ。親父もおふくろもいい歳になって、最近は体力もつづかんさね」

宮國はふたたびミヤコ炭酸水で唇を湿した。

「じつは……東京旅行に誘われる直前、おふくろに、がんが見つかったんだ。それも末期の……」

涼太と美波は思わず息をのんだ。

「……医者ともいろいろ相談したんだけど、治療費がバカにならんさね。島ではしっかりした治療ができんから、那覇の病院に入るように言われてるけど、おふくろは『宮古を離れたくない』って、入院を拒んでいるさ。親父もぼくも何とか長生きさせたいと思っている。ふたりは大恋愛で結婚したさ。親父にとって、おふくろのいない世界なんて考えられん。もちろん、ぼくだってそうさ」

美波と涼太は黙って、宮國の話を聞いていた。

「そんなときだったよ、野地あゆみから旅の誘いがあったのは。親父はドクターの話をぼくには教えてくれたけど、おふくろには言わんかった。見た目は元気そうだけど、一緒に旅行なんて絶対に無理だと親父は思ったさ。でも、おふくろは『どうしても行きたい』と言ってきかんかった。自分のからだは自分がいちばんよくわかってる。これからはもう旅なんか行けんって直感してたんだ。その旅行中に、親父とおふくろに福原さんと梶原社長からコンビニ化の話があった。リゾートの中でもコンビニをやってもらいたいとも言ってきた。共同売店の権利を買い取る金もイズミが用意すると……」

「イイ話ってほんとにあるんですね」

涼太は目を丸くしつつも、シニカルな口調で言った。

ああ、と宮國は複雑な表情になって、うなずいた。

「これで治療費も工面《くめん》できると思ったさ。しかも好条件で高級リゾートに店舗が出せる。夢みたいな話さ。やっぱり世の中の流れにのって、業態を変えたほうがうまくいくんじゃないかって思ったさ。でも、頭の一方では、神の山を汚すリゾートをつくるのは良くないって……」

美波は話を聞き終わっても、からだを硬くして、黙したままだった。

「お母さん、コンビニ化についてはどう思われているんですか？」

涼太が、美波にかわってたずねた。

「治療に金がかかるのもわかっているさ。リゾートのことも、ほんとは親父やぼくよりずっと嫌がっている。でも、親父は、どうしても納得のいく治療をほどこしてやりたいって。そのためには……」

「あんたは両親から目に入れても痛くないほど愛されてきた一人息子だからね……」

気持ちの収拾《しゅうしゅう》がつかなくなっている宮國の胸のうちを慮《おもんぱか》るように、美波はつぶやいた。

「ごめん……まだ、決心がつかんさね……」

宮國はうなだれたまま、つぶやくように言った。

19

そんなある日の午後。

地元の新聞社に勤める自治会役員、池間平勇が仲間の家にやってきた。

ちょうど涼太と仲間が、ミヤコ炭酸水のキャンペーンの打ち合わせをしているところだった。

「どないしてん？　こんな早い時間に？」

仲間は炭酸水を出しながら、おんぼろソファーに腰をおろした池間に訊《き》いた。

「青の浜の井戸の工事で妙なことが起こっているらしい」

グラスに口もつけず、真剣なまなざしでこたえた。

仲間が軽くうなずき、話をうながす。

「あの土建業の北村が入院した」

そう言って、池間は深く息をついた。

「あいつ、えらい頑健なタイプやったけどな」

煙草に火をつけながら仲間が言う。

「一週間ほど前、現場の岩を取りのぞこうとして、北村はパワーショベルを運転してた。爪でかなりガンガンやったが、岩はまったく動かんで、かえってパワーショベルの爪が割れたんだ」

「ずいぶん堅い岩やったんやなあ」

「爪が割れるなんて、なかなかないことさ。しかし、問題はそれからなんだ……」

仲間はおもわず身を乗りだした。

「家に帰ったあと、北村は高熱を発して倒れこんだ。全身にただならぬ痛みが走って、吐いたりうめいたりの七転八倒だったんだ」

池間の話によると、サウナに入ったように身体中から汗を流し、うわごとを言いつづけたらしい。家族が救急車を呼んで入院させたそうだ。

「で、それから、どうなった？」

「病院の看護師の話では、幻覚を見ているのか、意味不明の言葉を繰りかえし叫んだって」

「いま、病状は？」涼太が訊いた。

「まだ入院している」

池間は腕組みしてこたえ、

「……ほかにも事故があるんだ。北村が倒れてから数日後、こんどはイズミ・リゾートの総務部長・小久保が青の浜で重傷を負った」

けわしい顔をした。

「えっ？　ほんまかいな」

「トラックがいきなり暴走して轢《ひ》かれた。右脚の大腿骨《だいたいこつ》と肋骨《ろっこつ》を折って、緊急入院。手術を受けた」

「かなりの事故やな……」

仲間が目をしばたたかせた。

「小久保さん、東京からずっと出張《でば》って工事を仕切ってましたもんね……」

涼太も低い声になる。

仲間酒造の応接室を重い沈黙が支配した。

「……じつは、そのあとも事故が続いているさね」

池間がたたみかけた。

「……？」

仲間はくわえていた煙草を落としそうになった。眉間《みけん》の皺《しわ》が深くなっている。

「エビ養殖場の海老名が小久保を見舞った帰りに中華料理を食って、食中毒になってしまった。どうもエビチリソースが原因だったようだ」

「養殖してるあのクルマエビですか？」

「そうさね。海老名のところの品物をずっと納めている店さ」

「しかし、なんでこんなに事故が続けて起こるんやろ」

仲間がいぶかしげな顔を向ける。

「シマのひとは、震えあがっているさね」

池間が鬱然《うつぜん》とした声でこたえた。

＊　　＊　　＊

涼太がリゾート建設の現状報告をしようと、真田事務所に連絡を入れると、電話口の向こうで真田秋幸が沈んだ声をだした。

『梨花が体調くずしちゃってさ、一週間前から休んでるんだ』

「アトピーの調子、悪いんですか？」

『ああ……皮膚のかゆみと痛みでまったく仕事にならない。だから、ずっと家にいる……』

「梨花さん、敏感だから、いろんなものを受けちゃってるのかもしれませんね」

『いろんなもの？』

涼太はリゾート関係者たちの身にふりかかった災難について話して聞かせた。

『それと、梨花の体調は関係ねえだろ』

「美波さんの話だと、神の山は人が入っちゃいけないって昔からずっと言われてた。なのに井戸は掘るわ植物は伐採するわ、やりたい放題やったから、神罰がくだったんだって」

『小久保や北村にバチが当たるのはわかる。でも、梨花はちがうぞ。何も悪いこと、しちゃいねえ』

「梨花さんのは神さまからの『お知らせ』じゃないのかな。彼女、ユタみたいな人だから」

『たしかに、あいつは何か不思議な感覚をもってる。一緒に歩いていて、あいつがカラスの鳴きマネすると、何羽も後を追いかけてきたことがあった』

「ぼくに吠《ほ》えつく犬も、彼女には尻尾《しっぽ》をふるし」

『生きものと通じ合ってるのかもしれんな』

「美波さんが『梨花ちゃんに水の神さまから何か伝言いってるはずよー。連絡とってごらん』って言ったんです。美波さんもシャーマンっぽいから、わかるんですって。水って無意識のシンボルじゃないですか」

『そういえば、あいつ、子どものころから水と関わってきたよな。母親は水商売だし、アトピーも温泉で治してる。昨日の電話で、ヘンな夢を見ると言ってな……』

「え？　どんな夢ですか？」

『白髪で真っ白な装束を着たオバアが出てくるんだが、オバアのくせに顔に銀色の髭《ひげ》が生えてるんだと。だからオジイにも見える。そんな両性具有の龍《りゅう》みたいな顔の老人が「水のムラが水を大事にせんでええのか」と問いかけてくるそうだ』

「……それが『お知らせ』だったんですよ」

『宮古島に行って、おれも水について考えたよ。おれたちは水がフツーにあると思ってるが、それがいかに希有《けう》なことかってな。健康だってそうだろ？　からだばかりじゃねえ。心だってそうだ』

「幸せって、失わないと、わからないのかもしれないですね」

『水や空気は、海や森がちゃんと生きていないと存在しねえ。フッーは大事だ』

「梨花さん、子どものころからそれを感じていたんでしょうね」

『鈍いやつにかぎって、病気もせずエラソーに生きてるからな。神経が細やかな梨花はいろんなものに感応して、からだも心も傷ついてきた。だから心に染みるコピーが書ける。失うことで、大いなるクリエイティビティを獲得してきたんだ』

「……青崎は、自然を失うことで何か得るものがあるんですか?」

『福原たちは金と権力を得られる』

「反対派の人たちは?」

『欲深い人間がいかに馬鹿なことをしでかすかを知る。そして人間の卑劣と悪を知る。それが得られるものだ』

「ちっともいいことないじゃないですか」

『しかしな、金や権力への欲は誰にだってある。そんな自分のどろどろした部分を冷静に見つめ、飽くなき欲望をちゃんとコントロールできるかどうか。そこが大切なんだ。結局、限界状況に立たされたとき、そいつの人間性ってやつがわかるんだ』

＊　＊　＊

真田との電話を終えた涼太は、梨花にＬＩＮＥで井戸試掘現場の事故を伝えた。

さっそく梨花から返信がきた。

『LINEありがとう。やっぱトラブってたんだね。ちょっと前から、わたし、調子悪かったんだ。温泉に入って治療してるけど、イマイチ恢復《かいふく》が遅くて……。青崎に応援に行きたいけど、ごめん。いまはこんなだから、自分の部屋から祈るくらいしかできない』

「大丈夫。シマの半分にはパンフ持って回ったよ。もう少しだけ、がんばれば、きっとなんとかなる」

『本気でするから大抵のことはできるし、誰かが助けてくれるって。武田信玄《たけだしんげん》が言ってたよ。知らんけど（笑）。でも、なんか元気になる言葉だよね。しんどくなるとこの言葉、思い出すことにしてるんだ』

「すっごいやる気になる！　めげずに、希望もって、明日《あした》もがんばります」

『それ、それ。自分を励ますのは大事。言葉は力になるよ。だから涼太クン、わたしの分まで動いてね。真田さんもきみに期待してるからさ。じゃあ、またね』

20

青の浜での不審な事故は、青崎の住民のほとんどが知るところとなった。

大福建設社長で自治会長の福原は、事故は担当者の不注意によっておこったことで、一切の責任は大福建設とイズミ・リゾートにあり、今後、現場の管理をさらに徹底する旨を記した文書を全住民に配った。

そうして、入院した小久保に代わって、イズミからは現場責任者として一色がやってくることになった。

一色は若きエリートとして上層部からの期待を一身に集め、経営多角化の中核であるリゾート事業の、なかでもとくに力を注ぐ青崎リゾートの実質的リーダーとなったのである。

事故後しばらく中断していた井戸の試掘工事は、こうして再開されようとしていた。

美波と涼太はカニメガ・オバアの家を訪ねた。

フクギの林に囲まれたオバアの家は、冷房をつけていない。

開け放った窓からは部屋の中を風が吹きぬけていく。

外の炎熱はまったく感じられない。

「いい風だろう？」

畳の上に端然と座ったオバアが、サンピン茶をすすめながら涼太に微笑みかけた。つぶらな瞳《ひとみ》は少女のようにきらきら光っている。

「なんだか眠たくなりますね」

あくびをこらえながら、涼太はこたえた。

「そうさね。神の森から降りてきた風だからね。やさしいはずさ」

そう言って、オバアは湯呑《ゆの》みからゆったりとお茶を飲んだ。

「オバア、井戸の工事のこと、知ってたの？」美波が訊《き》く。

「いや」首をふった。

「あとからだよ。人づてに聞いたさ。事前に言うてくれれば、いくら試し掘りだというても、やってはいかんと止めていたのに……」

「ふつう、工事の前にはお祓《はら》いをしますよね。大福建設は青崎のツカサたちに頼まずに、いったいお祓いはどうしたんでしょう？」

こんどは涼太がたずねた。

「ヤマトから神主さんに来てもらって、お祓いをしたってよ」

「は？　なんで、わざわざヤマトの神主を呼ぶわけ？」美波が顔をしかめる。

「郷に入っては、郷に従えですよね」

「青崎の神さまは、ヤマトの言葉、わからんよー」

カニメガ・オバアはひょうひょうと言った。

「こういう事故が続くんだから、いまこそ住民投票をして、リゾート建設反対の意思を表明するタイミングだと思うんだけど、オバア、どう思うね？」

「わたしもそれがええと思う。イズミも正式に事故を認めて、そのこともみんなに伝わったしね。わたしはわたしで、水の神さまを祀《まつ》っていたツカサたちと、あらためてお祈《ウートー》り《トー》をしに行こうと思うているよ」

「オバア。ありがとう。神さまに謝っておかないと、これからシマにどんな災いがおこるか、わからんさ」

そうだね、とオバアは相づちをうち、

「で、こんな話、知っているかい」

と涼やかな目を向けて、おもむろに語りはじめた。


ある川辺にサソリが一匹いたそうな。以前から川の向こう岸に渡りたいと思っていたけど、泳げなかったさね。そこに折良く知りあいのカエルが通りかかった。

「カエルくん、ぼくを背負って、向こう岸まで渡ってくれないか」サソリは頼みこんだよ。

「いやだ。きみを乗せたら、きっときみはぼくの背中をその毒針で刺すからね」

「そんなバカなことするわけないさ。きみを刺したら、ぼくだって溺《おぼ》れ死んでしまう」

この言葉に納得したカエルは、サソリを背負って、川を渡ることにしたわけさ。川の流れはおだやかで、光はきらきら、水辺は平和だったさね。

「なんて気持ちのいい日なんだろ」

カエルにとっちゃ、向こう岸に渡ることなんて、楽々さ。

でも、川の半分まで渡ったときだった。

カエルの背中に激しい痛みが走ったんだよ。

後ろを見ると、サソリが尻尾《しっぽ》を突き立てているさ。

カエルは目を剝《む》き、なかば川に溺れながらも、「どうして、ぼくを刺したんだ?」

と訊いたよ。

サソリは自分も溺れてしまう恐ろしさにふるえながら、

「こうするしかできないんだ……おれはサソリだから……」

そうして、カエルもサソリも川の底に沈んでいったとさ。

涼太も美波もしばらくじっと考えこんでいた。

カニメガ・オバアはどうして、いま、この話をしてくれたんだろう?

「……カエルはわたしたち青崎の人のことかな?」

ややあって、美波が口をひらいた。

「さあ……」

オバアは曖昧《あいまい》に笑い、クバの葉の扇でゆったりと顔をあおぐ。

サソリはイズミ・リゾートの人たちのことだろうか？

あるいは企業や組織全般のことか？　そう考えると、カエルは個人……？

「水が湧きださなくなったり、汚れてしまったら……みんな死んでしまうさ」

オバアがささやくように言った。

「サソリはサソリとして生きる。生まれもった性《さが》はどうしようもなく変えられないんだね」

美波がこたえる。

涼太は、その言葉を「イズミを甘くみてはいけない」という戒めと受けとった。

イズミ自身は、ミヤコ炭酸水の水量を減らさずに、リゾートの水を確保して建設をすすめると言っている。しかし、ミヤコ炭酸水が涸《か》れてしまうかどうかなんて、やってみないとわからないだろう。

水がいつ湧きだし、いつ涸れてしまうか。人間の知識では、はかりしれないものがある。だいたいミヤコ炭酸水だって突然湧きだしたのだ。

イズミにとって、しょせんミヤコ炭酸水は客寄せパンダにすぎない。

青の浜リゾートに炭酸水が湧きださなくても、すでに商品化されたミヤコ炭酸水を仲間のところから取り寄せればいい。

もしミヤコ炭酸水の供給がとどこおるようなら、水に炭酸ガスをつめて、似たような炭酸水を作るなんて朝飯前のことだ。イズミのやり口は、涼太には手に取るようにわかった。

――サソリはサソリ……。

「美と健康のヴィラ」なんて謳《うた》っているが、つまるところリゾートで金儲《かねもう》けさえできればいいと考えているのだろう。

「やっぱり、イズミ・リゾートの関係者には、お腹を見せてしゃべっていると、足をすくわれそうですね」

涼太の言葉にカニメガ・オバアは軽くうなずき、

「風も、神さまも、目には見えん」

そう言って、庭に咲くハイビスカスが風に揺れるのを見つめた。

「でもね、そこには『はたらき』というのがあるさ。ほんとうに大切なものは、心の目で見ないと、見えんのさ。見えるものだけを追いかけていくと、小さな目先の利益にとらわれて、大きな幸せを失ってしまうよ」

「大きな幸せって、何ねえ？」

「みんなの幸せさ。宇宙や自然とつながる幸せだよ。食べものや飲みものだって、ホンモノは一瞬で消えるさ。いつまでも味わいが舌に残っているようなのは、まだまださ。ほんとうにおいしいものは、さっと形がなくなって消えていく。でも、心のなかに鮮やかな記憶として残るよ。その思い出は、何かのときに、ふっとよみがえってくるさ」

「たしかにそうですね。古い友情もそうかもしれないです。長いあいだ音沙汰《おとさた》がなくても、会うと気持ちが氷解して、昨日別れたばかりのような感じになりますよね」

真田と仲間の再会を思いだして涼太は言った。ちらと一色の顔が脳裏をよぎった。

「あと、言い忘れていたけど……」

とオバアが話をつづけた。

「水で大切なのはね、形が決まっていないってこと。やわらかいさ。水は低いところに流れ、器に形をあわせていくんだ。わたしらの反対運動は、水のようにやっていこうねぇ」

21

七月も半ばを過ぎたころ、一色がイズミ・リゾートの現地責任者として赴任し、福原とともに仲間酒造にあいさつにやってきた。

手みやげを仲間と美波に渡し、

「みなさんにご心配をおかけしたお詫《わ》びに、これから役員さんのお宅を回らせてもらおうと思ってるんです」

と謙虚に頭をさげた。

横に座った福原がもっともらしくうなずいている。

一色はとても疲れているように見えた。髪の毛にも白いものが混じっている。目には光がなく、まぶたの下にはたるみが出ている。声にも張りがなかった。

事故のお詫びをのべ、あらためて工事への協力を腰を低くして申し入れた。

仲間と美波は工事に関して何もコメントせず、他愛ない世間話に終始した。

やがて、一色はおもむろに席から立ち上がった。

帰りぎわ、道まで送りに出た涼太に、一色が辺りをうかがって、ちょっと目くばせした。

「明日《あした》の夜、あいてるかな」

ささやくように訊《き》いてくる。

とつぜんの誘いだ。驚いた。

何か企《たくら》んでいるのだろうか？　いまさら、おれをイズミ側に引きこもうとしているのか。梶原社長の差し金か？

たくさんの疑問符が頭のなかに浮かんだ。

――久しぶりに飲む……。

複雑な気持ちがあった。

疎遠になったとはいえ、かつては親友だった。以前はよく新宿二丁目で飲んだ。バリ島やジャマイカに旅もした。

それにしても、疲労困憊《こんぱい》の気配が濃い。

さすがに、責任者としてのプレッシャーを感じているのかもしれない。

こちらはこちらで、イズミの今後のスタンスを訊くいい機会だ。得るものはあっても、失うものはない。

――この機会をのがすと、もう飲めないかもしれない……。

自らを納得させて、涼太は会食を承諾した。

＊　＊　＊

翌日の夜。

涼太と一色は、平良《ひらら》の繁華街、西里通りの居酒屋にいた。

互いの無沙汰《ぶさた》をわび、会社の独身寮で暮らしたころの思い出や同期のうわさ話などあたりさわりのない会話をかわしながら、腹をさぐりあった。

やがて酒がまわりはじめたころ、一色は「おれたちが入社した当時と、同じイズミという名前でも、会社の内実はぜんぜん違ってるよ」ぽつりと言った。

ひどく面《おも》やつれしている。皺《しわ》も増え、ずいぶん痩《や》せたようだ。

涼太は涼太で編集ライターになってからの苦労をひとしきり話した。しかし、互いに核心にふれようとせず、泡盛のグラスだけが重ねられた。

二人ともかなりできあがって、二軒目のバーのカウンターに座ると、話はようやくイズミ・リゾート建設問題におよんだ。

「あの事故原因がよくわからないんだ。でも、連続事故で青崎の世論がリゾート反対に傾いている。そのことは、実際、集落をまわって、よくわかったよ」

ちょっと目をとろんとさせた一色が、ふっと本音をもらした。

——イズミ本社はかなりあせっているな。

住民投票に持ちこむには、いまが絶好のチャンスだ。涼太は確信した。

一方、いくら酒を飲んでも青ざめた顔いろの一色が、すこし心配にもなった。

「かなり疲れてるみたいだな」

「……まあな」

一色は茹《ゆ》でたピーナッツを口に放りこみ、ジン・トニックをあおった。酒くさい息が、涼太にかかる。

「ちょっと酔ったかな……」自嘲《じちょう》気味に笑った。

「あんまり無理すんなよ」

飲み会の途中から、昔の言葉づかいにもどっていた。互いに距離を置いていたなんて、ひょっとして夢だったのかもしれない。

「へべれけになる前に、言っとかなきゃなんないことがある……」

少し呂律《ろれつ》がまわらなくなっていたが、一色は姿勢をただして、切りだした。

「会社を辞めるなんて言うなよ」

冗談めかしてこたえた。

いや、そうじゃない、一色は真顔になった。

「……『金剛のおいしい水』の偽装表示問題をマスコミにリークしたのは、じつは、おれだったんだ。お前に言っとかなきゃって、ずっと思っていた……」

「えっ？」

とつぜん何を言いだすんだ。頭の中が混乱して、真っ白になった。

「なかなか言う機会がなかった。会社の多くの人間が、お前に疑惑のまなざしを向けていたのは知っている。すまん。たいへんな迷惑をかけて……」

カウンターに両手をついて頭をさげた。

一色がリークを？　なぜ？　何のために？　いったい何があったんだ？

当時、ジャーナリストと親しい広報課員として、鎮火の最前線にいたんじゃなかったのか？　そのときの功績を認められて、最年少課長に引き立てられ、宣伝課に異動になったはずだった。

「……わざわざ……どうして？」ようやく言葉が出た。

「広報では偽装のことはよく知っていた。お前が事実を知るよりずっと以前からだ。絶対に外に情報が漏れぬよう神経をつかいながらも、いいタイミングで事実を公表し謝罪すべきだと、おれは言っていたんだ。ところが、そんな対応を役員会議で鼻で笑うひとがいた」

「役員会議に出ていたのか？」

驚いた。平社員が役員会議に出席していたとは。一色はそこまで重用されていたのか。

「宣伝広報部長につきしたがって、隅のほうに座っていた」

「誰が笑ったんだ?」

「源田和泉社長」

「えっ?」

サラリーマン時代から、涼太は社長が苦手だった。

幼いころから取りまきからヨイショされてきたボンボンで、自分の頭で考えることができない。アホの三代目を絵に描いたような男で、何の人間的魅力も感じなかった。

食品事業がうまく回らなくなり、経営の多角化をはじめたのも、この社長になってからだった。

「食品企業の最も大切な信用に関わることを、鼻で笑うなんて……」

あらためて怒りが込みあげてきた。

「大手マスコミに莫大《ばくだい》な広告費を投じているから、うちの不祥事の報道などできっこないと高をくっていたんだ」

一色が低声《こごえ》でこたえた。

源田和泉社長はつねに上から目線だった。何度か社長プレゼンをやったことがあったが、制作者を小馬鹿にした態度が嫌だった。現場の人間に対する想像力が絶対的に欠けているのだ。

涼太たちが入社したのは、二代目の源田水男《みずお》社長の時代だった。

当時、イズミ食品は宣伝広報に力を注ぎ、数々の素晴らしい広告をつくりだし、文化事業にも力を注いでいた。それらすべては水男社長の陣頭指揮によって生まれたものだった。

「水は文化」と社是にかかげ、飲食文化を支える企業として好感をもって迎えられていた。学生たちは源田水男というカリスマにあこがれてイズミ食品に就職したのだった。

「水男社長なら、できるだけ早く記者会見を開いて謝罪していただろうな」

涼太がため息をついた。

「『おれは生まれたときから水の男だ』っていつも冗談めかして言っていた。それくらい、水について特別な思い入れがあったからね。企業思想の根本に、老子《ろうし》を思わせる水の哲学があった。それが好きで、おれはイズミに入ったんだ」

「でも、いまの社長になってからは、社風がすっかり変わってしまったよ」

「だから、あの偽装表示問題も金をもっとばらまいて隠せという強気一点張りだった」

「でも、なんで、お前がリークしたんだ？」

涼太が訊《き》いた。

しばしの沈黙の後、一色は口をひらいた。

「自分なりに会社にお灸《きゅう》をすえるつもりだった。このまま進んでいくと、この会社はダメになるって危機意識があった。大きな船がいったん間違った方向に舵《かじ》を切ると、その針路をもとに戻すのは楽じゃない。早いうちに警告したほうがいい。出せるときに膿《うみ》を出そうと思った」

「リークした情報を消し去る自信があったんだろ？」

「それだけの関係を記者や編集者と築いてきたから……」

「マッチポンプをやったわけか」

一色はかすかにうなずいた。

「社長はまさかあんなに大きく取りあげられるとは思っていなかったようだ。真っ青になっていた。何の苦労もなく育って、危ない橋は渡らずに生きてきたからね。マスコミの火消しは、社長からじきじきに頼まれたんだ」

「で、うまく火を消し止めて、宣伝課長に昇進となったわけか」

「……ああ」

「おれは、その火の粉をかぶって、裏切り者あつかいされた」

声が少しふるえた。悔しさと怒りがよみがえってきた。

「すまない。ほんとうに申しわけなく思っている。ただ……」

「ただ？」

「当時、お前に真実を語れる状況じゃなかった」

「…………」

一色の言うことは、組織の情報部門にいた人間としてアタマではわかる。あの立場では、いくら親友といえども正直な話はできなかっただろう。

――こいつも社長に反感をもっていた。

そこまでは同じだった。

だが、おれは会議で正直に意見を述べるアホで、いつまで経っても青二才と思われていた。ところが一色は「おとな」だった。ちゃんと空気を読んで、嫉妬《しっと》と欲望のうずまく世界を上手に渡っていたのだ。

彼我《ひが》の差を思い知らされた気がした。

――おれは、やっぱり大企業に向いていなかった。

冷静に考えると、一色は社長に対して一矢《いっし》を報いたといってもいい。かれは最高のマッチポンプの役目をはたしたのだ。おれはものすごく割を食ったが……。

「喉《のど》もとに魚の小骨が刺さったままのようで、ずっと気になっていたんだ、ほんとうにすまない。申し訳なかった」

あらためて一色がわびた。

その真摯《しんし》な顔を見ると、それ以上、言葉を重ねることはできなかった。

「もう一つ、謝らなきゃならないことがある」

一色が目をしばたたいた。「麻実《まみ》とのことだけど……」

涼太はおもわず、ごくりとのどを鳴らした。

静寂に耐えきれず、ハイボールをひとくち舐《な》めた。

「……そんな昔のこと、忘れたよ」かすれ声になった。

「きっと長いあいだ誤解していたと思う。おれの申しひらきと思って聞いてくれないか」

「……」

「おれは麻実とは付き合っていなかった」

涼太はいぶかしげに一色の方に顔を向けた。

「信じてくれないだろう。けど、ほんとなんだ」

「いきなり言われても……」

「副社長の清明《きよあき》さんから命じられて、麻実に接近した。それだけなんだ」

頭の中にふたたび疑問符がたくさん浮かんだ。

――きよあきさん？

そんな間柄なのか。

しかし、いったい何を命じられたというのだ？

社長と異母弟の副社長は、子どものころから確執があったと聞いている。

対立はずっと尾を引き、いまも社内には二つの派閥がある。企業思想もまるで違う。

副社長は、小さくても愛される品位ある食品会社を目ざしていた。

「なんのために近づいたんだ？」

「いまだから話せるが、麻実は社長と付き合っていた」

一瞬、耳を疑った。頭がクラッとした。

――何てことだ……。

あのキュートな笑顔、軽やかで優雅な身ごなし、しっとりとやわらかい唇の向こうに、源田和泉がいたなんて。

麻実に対しても愕然《がくぜん》としたが、社長に対してもあきれ果てた。社員に手をだすなんてことがあっていいのか。

そうか。おれの批判や悪口もぜんぶ筒抜けだったんだ。

——洞察力が決定的に欠けていた……。

ものを書く人間として、深く恥じ入る気持ちがわいてきた。

涼太の心のうちを読んだように、一色が言った。

「清明さんからは、社長の情報をとるために近づけと。で、何度かご飯を食べに行ったんだ」

「副社長のスパイだったのか？」

「そう言われても仕方がない」

一色は深いため息をついた。

「驚いたな。お前のことをだれも副社長派だなんて思ってなかったぞ」

「組織は魑魅魍魎《ちみもうりょう》の世界だ。生きるのはたいへんだよ」

「おれはお前みたいに生きられないから、こうやってライターをやってるんだ。で、いま、麻実はどうしてる？」

「退職した」

「いろいろ握っているから、社長からたんまりカネをもらったみたいだ」

「？」

「口止《くちど》め料か？」

「そんなところだ」

そう言って、一色が二杯目のジン・トニックをすすった。

炭酸のはじける微《かす》かな音を聴いていると、ふっと真田と仲間の恋のさや当てとその後が思い出された。

「麻実は貧血で、よくフラッとしてね。こっちはその気じゃないのに、しなだれかかられて、周りに誤解されることがあったんだ」

訊きもしないのに、一色がぼそっと言った。

――たしかに……。

西麻布の交差点の光景も貧血のせいだったのかもしれない。そう思ったほうが、気が楽になるだろう。

ひと呼吸おいて、涼太もハイボールのおかわりを注文した。

＊　＊　＊

「しかし、よくわからないな」

グラスを置いて、涼太が口をひらいた。

「なにが？」

「どうして、こんなにぶっちゃけ話してくれるんだ？」

ちょっと煙草を吸ってもいいか、と一色はライターで火をつける。

「……あきれ果てちまったんだ」

眉間《みけん》に皺《しわ》をよせ、紫煙を吐き出した。

「源田社長とその取りまき、自治会の福原さんのやり方にほとほと嫌気がさした。いったい青崎の土地をだれのものと思ってるんだって。じつは初めて会ったときから、おれは仲間さんの真っ直ぐさに共鳴していた。あの炭酸水はぜったい涸《か》れさせちゃいけない。食品会社の理想的なプレミアム商品だ。そう思ったから、おれは社内でもリゾート建設には真っ向から反対してきた」

「なのに、どうしてその責任者になってる？」

皮肉っぽく訊いた。

「梶原さんのいじめだろう。リゾート建設がうまくいかないと、おれを左遷させる。お定まりのサラリーマン物語さ。かれにはずっと嫉妬されてるから」

「あいつは昔から社長の腰巾着《こしぎんちゃく》だったな」

「ミヤコ炭酸水と同じ水が青の浜に湧き出れば、これはすごい、とおれも正直思ったよ。でも、何度か通ううちに、神の山はひとが手をつけちゃいけない所かもしれないと思うようになった」

一色の言葉に、涼太は黙ってうなずいた。

「このプロジェクトに関わってから、ずっと悩みつづけている。いまのイズミのやり方は、おれの生き方と合っていないかもって。おれは、小さくてもいいから誠実な会社であってほしいんだ」

「でも、お前みたいに考える人は、いま、少数派だろ」

「ああ」苦虫をかみつぶしたような顔になった。「でも、そんなときに井戸の試掘結果がわかった」

「？」

「あそこからは結局、炭酸水は出てこなかった。出てきたのは塩辛い水だけさ」

「やっぱり、そうか」

「このことは、まだ誰にも言っていない。自治会役員には近々レポートを提出する」

「イズミとしては、どうするつもりなんだ？」

「源田社長はミヤコ炭酸水のボトルを置けばいいと言って、早くリゾート建設にかかれといらいらしている。梶原さんは、とにかく早期着工をめざせとおれに息巻いている。おれは、天然炭酸水が湧き出なければ意味がないから撤退すべきだと言った。この件は、内密に清明副社長には報告している」

「イズミが引き返すには、井戸から炭酸水が出ないことがちょうどいい理由になると思うんだがな」

「どうも、引くに引けない理由があるようなんだ」

一色が腕組みした。

「なんだ、それは……？」

「加部首相とその妻・明子《あきこ》がからんでる」

「明子って、私人か公人かわからない、あの人だよね」

涼太の言葉に一色がうなずいて、つづけた。

「いろんなところに首相夫人の肩書きでひょこひょこ顔を出しては、騒ぎをおこしている。スピリチュアル好きで、宮古島も大好きらしい。いちど青の浜に来たことがあって、そのときの連れが、『水の波動』のエセ科学を説く医者だった。そのドクターが『青崎は類《たぐ》いまれなパワースポット』と断言し、明子はとても感動したらしい。毎日、『お水さん、ありがとう。お水さん、ありがとう。お水さん、ありがとう』とドクターに教えてもらった呪文《じゅもん》をとなえては、コップ一杯の水を嬉々《きき》として飲んでいるそうだ」

「あたま、大丈夫か？」

「彼女のフェイスブックをチェックしていたら、福島の原発事故の汚染水に対しても『愛と感謝の祈りを全国から送れば浄化できる』と言って、その実践をよびかけてるそうだ。『不安と恐怖を放射性物質に対する愛と感謝に変えたら、放射能は目の前で喜んで消えさる』って」

一色が苦笑した。

「訳《わけ》わからんな」涼太は首をふった。「首相の加部も、ポエム的メッセージをしばしば発しているけど、あのふたりは似た者夫婦だな」

「明子は宮古島に高級リゾート作れないかしら、と加部にお願いし、加部は旧知の源田社長に持ちかけたらしい。社長は、加部を囲む経営者会——KKK会って言うんだけど——その会長をつとめているくらいだ」

「なんだか、クー・クラックス・クランみたいだな」

「加部のK、囲むのK、経営者のK、だよ」

「ひどいネーミングだ」

元コピーライターの涼太はシニカルに言って、つづけた。「しかし、それだけで青の浜リゾートの建設に結びつくのか」

「じつは、そこなんだ。おおっぴらにはなっていないが、こういう話がある」

一色は声をひそめた。

「そのKKKの副会長は萬里小路康則《までのこうじやすのり》って男だ。『いやし露《づゆ》』という化粧品をネットワークで販売している。塗ると、毛穴が消えたとか、皺がなくなったとか、アトピーが治ったとか喧伝《けんでん》してる。もちろん加部夫妻のお友だちだ。その萬里小路が、ボランティア研修センターをつくろうとしている。表向きはボランティア活動にたずさわりたい人の教育施設だそうだ。内実はよくわからない。しかし建設資金が不足しているらしい。ここで加部のお出ましだ。萬里小路のために一肌脱いで大福建設に『ちょっと安くやってくれよ』と話をつけた。福原もKKK会員だ。加部のために尽くしている。加部としては何か福原にメリットを与えねばならない。で、浮かび上がってきたのが、明子が夢みる青の浜リゾートだ。この計画を大福建設に一任して、ボランティア研修センターで稼げなかったお金を補填《ほてん》してやろうと」

「なるほど。そういうからくりか」

涼太は深くうなずいた。

「福原は加部との関係を強固にし、宮古島市長へ、やがては国会議員へと一歩踏みだそうとしてるわけだ」

「福原も、源田社長も、萬里小路も、みんな加部のお友だちだ」

「権力と利権の素敵なダンスさ」

一色がジン・トニックのグラスをほすと、小さくなった氷がカラカラと小気味よい音をたてた。

「イズミは青の浜リゾートで収益が上がると思ってるのだろうか？」

涼太は素直な気持ちで訊《き》いた。

「ほとんど儲《もう》からないだろう。源田社長が狙っているのは、リゾートで利潤を上げることじゃない。いま作ろうとしてる鹿児島の焼酎《しょうちゅう》工場用地を、加部の口利きで、格安に取得しようとしている。いまは日本の酒が海外で人気だろ？　外交好きの加部の力で世界市場に宣伝してもらおうとも思ってる。そんなこんなで、加部の歓心を買おうとしている」

「リゾートに炭酸水が湧きださなくてもまったく問題ないわけだ」

「水道水に炭酸を機械的にぶち込み、明子のお友だちの『水の波動』信者が、『お水さん、ありがとう』のお祈りをとなえる。──そんなことが真剣に社内で議論されているよ」

一色は唇の端をゆがめて笑った。

22

池間平勇や仲間秋男は、世論がリゾート反対に傾いているこのタイミングをねらって、自治会の臨時総会をひらこうと考えた。

試掘にまつわる連続事故の原因が究明されないかぎり、もともと神の山にさわることを恐れる住民から、「待った」がかかるだろう。

ふたりはこの機会に、リゾート建設の可否を住民投票ではっきり問うべきだと役員会で主張した。

さすがに推進派の役員にも、このまま工事に入ることに二の足を踏む人が出てきていた。池間と仲間の動議は意外とすんなり可決され、臨時総会は八月十五日に開催されることになった。

しかし、涼太はどこか腑《ふ》に落ちなかった。

福原たちは、むしろプロジェクトを正式に認めさせ、一気呵成《いっきかせい》に建設を進める絶好の機会と考えているんじゃないのか。

案の定、総会前になって、福原と野地あゆみは、れいのアラガマ懇談会を三日連続でひらいたのである。

懇談会には加部総理夫妻と親しいシンガーソングライター・深大寺《じんだいじ》由紀《ゆき》も招かれた。バブル時代に一世を風靡《ふうび》し、紅白歌合戦に何度か出場した深大寺は、オジイやオバアもよく知る芸能人だ。もちろん「桃を見る会」の常連でもある。

カニメガ・オバアが帰りみち、仲間酒造にやって来た。

「懇談会、どうでした？」

よっこらしょ、とソファーに座ったオバアに涼太がたずねた。

「単なる宴会さね。しかし、どこからあの金が出てるんだろう？」

首をひねりながら、温かいゴーヤー茶をすすった。

「リゾートのこと、何か言ってました？」

「ああ。あれができれば、こんな宴会が毎日ひらけるよーって。暮らしも楽になるよーって」

「よくそれだけ嘘が言えるもんさね」

美波が突っこんだ。

「舌が何枚もあるんだろうね。しかし歌がひどかったよー。調子っぱずれさ」

「オバアは、よけい気になるさ」

「まったく思いがこもっておらん。何かに媚《こ》びるように歌っていたよ」

「でも、有名人が来たから、周りは喜んでいたんじゃないですか?」

「喜んでるのは老いぼれ爺《じじい》だけ。金のための歌に色気づいてるわけさ」

「かつての歌姫が間近で歌ってくれるんですから」

「バブルって言うのかい? 深大寺さんは浮ついた気分のまま年をとってしまったんだね。六十過ぎても山の手《やまのて》のお嬢さん気分さ。聴いているこっちが恥ずかしくなる。加部夫妻と仲がいいっていうのが、ようくわかったよ」

オバアは鼻で笑った。

「広田にしても深大寺にしても、福原さんの親しい人はみんなよく似てますね」

涼太が相づちをうつ。

「『リゾートができれば深大寺さんはたびたび青崎に来ますよ』って野地が言うてたよ。オジイたちは『上等やっさぁ』ってへべれけになって帰っていった。いくつになっても男はダメだ。すぐ、ころんじゃうよ」

そう言って、カニメガ・オバアは肩をすくめた。

＊　＊　＊

翌日の午後、美波の携帯が鳴った。

「もしもし。あ、オバア? どうしたの?」

美波はそばにいる仲間と涼太に聞こえるよう、すぐさまスピーカーフォンにした。

『今朝早くから、福原たちがシマの中を回っているよ』

「え？　また事故？」

窓の向こうのみどりを眺めながら、美波が目を見ひらいた。

『総会の委任状をもらいに歩いているさ。涼太クンのやり方をそっくり真似して、手分けして一軒一軒たずねているよ』

「委任状？」

『総会に出ないので自分の意見は議長に一任しますってサインさせてるのさ』

議長は福原だ。すべてを福原にお任せします、というわけだ。

「なんでかね？」

『総会では決をとるとき、手をあげるさね』

「うん。投票じゃない」

『みんなの前で意見をはっきりさせたくない人もおるよ。そういうひとは周りの目が気になるから、総会には出んさ』

「でも、いまは反対派が多いでしょ？」

『美波、あんた、まだまだ甘いね。懇談会のあと、気持ちの揺れている人が多いさ』

「まさかよー」

『まさかじゃないよ。みんな、空気を読むのがうまいさ。福原さんはあらためてそれに気づいたんだ。揺れてる人を狙い撃ちするように、委任状をもって、にこにこしながら回っているんだよ。賛否を決めかねている人に「だったら、わしに任せてください」とお家《うち》を訪ねているわけさ』

そこまで聞いていた仲間は顔色を変え、外に飛び出していく。涼太もすぐさまその後を追った。

T字路や鉤《かぎ》の手の多い青崎の道を汗が噴き出すのを物ともせず、ふたりは駆ける。いま戸別訪問している福原と野地に直接会って文句を言いたいと仲間は思っているに違いない。涼太も彼らの狡猾《こうかつ》で巧妙な手口に、怒り心頭に発していた。

白いサンゴの道にはフクギ並木を透して、光の斑《ふ》が点々と散っている。

しんと静まりかえった真夏の午後。蟬の声がひときわ高く聞こえてくる。低い石垣に囲まれた家の中から、野地あゆみが大仰に相づちをうつ声が垣根の外まで聞こえてきた。

——いた！

そこは共同売店をいとなむ宮國が両親とともに暮らす家だった。

縁側には父親と母親がちょこんと座っている。その二人と向かいあって、大柄な福原と野地が仁王のように立ちはだかっている。

宮國清から聞いた母親の具合が心配だった。涼太があいさつすると、母親は痩《や》せてはいたが、どこか吹っ切れたような澄んだ瞳《ひとみ》で頭をさげた。

「おはようございます」

仲間がわざとあかるく言って、敷地に入っていった。

「おう」福原が振り向き、

「久しぶりだなあ。元気そうじゃないか」

鷹揚《おうよう》そうな笑みをうかべた。

横にいる野地あゆみがしおらしくお辞儀をする。あいかわらずの超ミニスカート。しかも今日はぱつんぱつんのタンクトップだ。

「委任状をとりに回っているそうですね」

仲間は単刀直入に切りこんだ。

背をかがめて座る宮國の両親は困った顔をして、それでなくても小さなからだをさらに縮めた。

「ああ」

それが何か、という顔で、福原は仲間をにらみつけるようにした。

「総会で決をとる議長自らが戸別訪問するってのは、どうなんですかね？」

「べつに問題ないさね。議長はあくまで中立の立場だよ」

「そうは言っても、福原さんが主導してアラガマ懇談会をひらき、みなさん飲食のごちそうになっています。それで中立といえるんですか？」

おもわず涼太が口をはさんだ。

福原はきつい視線を送ってよこし、

「あのねぇ、きみ。よそ者に青崎のことをどうのこうの言われたくはないわけよ。ちょこっと住んだくらいでシマのことを訳知り顔で言わんでくれや。よけいなお世話だ」

濁った声で直截《ちょくせつ》に言ってきた。

いちばん痛い部分を突かれた。

その言葉は思いのほか、涼太の胸をえぐった。

福原は、ある意味、もっともなことを言っているのだ。

いずれ東京に帰る男と、みんなから思われているのは自分でもわかっている。

しかし、だからこそ青崎の良さを冷静に評価できるんじゃないのか。

真田の名代を頼まれたとき、自分のできることは何でもやろうと心に決めたのだ。

昔の写真を見ながら、何の外連《けれん》もなくオジィ・オバアとゆんたくできるのも、よそ者だからこそじゃないか。

――しかし……。

あえて気にしないようにしていた気持ちが、福原のひと言でざわめき立った。

拠《よ》って立つところが揺れはじめた。

涼太のいちばん繊細でやわらかな部分を、福原は容赦なくひと突きしてきたのだった。

「福原さん。ぼくだって涼太クンと同じ移住者です。もともと京都生まれで、那覇から宮古島に渡ってきましたよ。あなたの横にいる野地さんだって東京から来てるやないですか」

仲間が、涼太の代わりに反撃した。

「あんたもあゆみさんも長らく青崎に住んでいる。住民票もある。税金も納めている。なんといっても二人とも自治会役員だ。しかし、かれは違う」

冷ややかな目で涼太を指さした。

「何を言うてはるんですか。その考え方でいくと、その土地に住んでいない人は何も言われんようになりますよ。世の中にパブリックというものがなくなってしまいます」

「シマにはシマのやり方があると、わしは言うておる。郷に入っては郷に従えじゃ」

そうよ、そうよ、と横で野地が金切り声で言う。

「これだけは、はっきりしてる」

そう言って、仲間は言葉を切った。

「あんたが委任状をとって回るのは、シマの人に『わかってるやろな。ちゃんと忖度《そんたく》せえよ』と、無言の恫喝《どうかつ》を加えているということや」

福原の額に青筋がたった。

「なに言ってるんですか」

野地あゆみが視線を泳がせながら、すかさず話に割りこんできた。

「福原さんは総会に出席できないご老人のことを思いやって、わざわざこうしてみなさんのお宅までお訪ねしているのでございます。貴重なご意見を無にしないようにという優しいお心遣いでございます。そのどこがいけないんです？」

縁側に座った宮國の両親は、からだを硬くして困りはてている。

ちょうどそこに宮國清が帰ってきた。

事情をきいた宮國は顔をくもらせた。

「福原さん。この委任状はとりあえず、おれが預かっておくさ。だから今日のところは、申しわけないけど、お引き取り願えますか。ゆっくり家族で相談させてもらうから。いま、すぐ、ここでお父もお母もサインはできんさ」

腰を低くして言った。

福原もさすがに気配を察し、野地に目くばせする。

「そうか。わかった。よろしく頼む」

そう言いおくと縁側から離れ、サンゴの道にもどっていった。

＊　　＊　　＊

帰る道すがら、涼太の胸には、福原に言われた言葉がずっと突き刺さったままだった。

――おれは、お節介な沖縄好きの兄ちゃんなのか……。

いかにもシマの人間のような顔をして、恥ずかしげもなく暮らしているのか？

自問自答して、いいや、と強く首をふった。

そんなつもりはない。

――しかし、そのつもりはなくても、他人にはそうは映らないだろう。

たぶんシマの人には、東京で広告をやっている上っ調子の男に見えているんだ。おれが逆の立場だったら、そう思うにちがいない。

うつむきながら歩く涼太に向かって、仲間が声をかけた。

「どないしたんや？」

「いえ……べつに」

「気にしてもしゃあない。なるようにしかならんよ。委任状を取りに回るのは阻止できないし、涼太クンをよそ者と思う人も確かに存在する。せつない話やけど、ぼくらの力ではどうしようもない。大きな流れに身を任すしかない。ま、あっけらかんといこう」

恬淡《てんたん》とした口ぶりで言う。福原を前にしたときの、さっきの仲間とはまるで違う。

足もとではサンゴの白砂がさくさく音をたてている。

フクギの木陰を通り過ぎると、ひんやりした。

海からの風も吹き過ぎていく。

「ひとの心は風みたいなもんや。そよ風になるか、暴風になるか。ぼくかて、福原さんに会《お》うて、かれの気持ちを変えられるなんて思ってない。ただ、『卑怯《ひきょう》なまねはするな』と一発カマしておきたかったんや。福原さんみたいなんは世界中に掃いて捨てるほどおる。いまだにアメリカでは黒人への暴行事件も起こり続けている。ヨーロッパでも移民が排斥されている。ほら、イズミの小久保」

涼太がちらっと仲間に顔を向けた。

「あいつ、京都のど真ん中に生まれたということで、山一つへだてた山科《やましな》生まれのぼくのことをバカにしよるねん。ほんま、しょーもない小さい差別や。けど、人間はそういうのが好きなんや。どうしようもなく、それを楽しむところがあるんや」

「たしかに……広告でも差別化戦略ってあります」

「やろ？ ファッションかて、差異と同調の欲求や。人間というのは、心のなかに相矛盾するものを持ってる。なかなか一筋縄ではいかん」

「業《ごう》ですね」

「その業の一つに、『面倒くさいことはしたくない』っていうのがある。代理店の仕事は、まさに面倒くさいことを代行してくれるビジネスや」

「なるほど」

「面倒くさいところに職業は生まれる。人類最初の職業は売春やそうや」

「人間って、面倒くさがりですもんね」

「客観的にものを考えるのも面倒くさい。感情のおもむくままに結論を出したほうが楽や。だから、そっちになびく。メディアも大衆がものを考えない方に誘導する。そうするとコントロールしやすくなる」

「広告って一種の洗脳作業ですから」

「そうや。ちょっと立ち止まって考えるのは大切なことや。考えるというのは、自分Aともう一人の自分Bが、頭の中で会話することや。自分Bは自分Aにとって都合のよくないこと、ネガティブなことを言わなあかん。批判的反省的な自分Bがいないと、脳内議論にならん。だから、ちゃんと考えるのは、けっこうしんどいことや」

「しんどいことからは、どうしても逃げたくなります」

「かなしいけど、そういう人の方が多いよ」

「面倒だから異をとなえるのはやめよう、ってことですよね。でも、それをやると、どんどん考えなくなる」

「自分に都合のいい思考回路やね。正常性バイアスって言うらしい。人間、緊急のときには、それで心のバランスを取るようにできてるんやろう。はっきり言って、このシマの人たちも無意識のうちに、そうなりつつある」

「臨時総会に出るのも、なんだかんだ面倒ですもんね」

「『その面倒を省いてあげますよ』というのが福原さんのうたい文句や。ま、涼太クンは気にすんな。敵が百人いたら、味方も百人いる」

23

あくる日、昼前に梨花にズームで、青崎の現状を知らせた。

ようやく事務所に出られるようになった梨花だったが、梅雨明けの東京は気温が連日三十五度をこえ、かなり体力的にしんどいという。

『宮古島のほうが涼しいんじゃないかな？　でも、一つだけイイことあるんだ。炭酸水りの炭酸水がわたしの生命の水だよ』いまはハイボールもジン・トニックも飲めないから、お風呂上《ふろあ》がりの炭酸水がわたしの生命の水だよ』

涼太は、議長一任のために福原が動き回っていることを話した。

「よそ者は口出しするな、って言われた」

『あいつ、痛いとこ突いたと思ってるだろうね』

「ぼく自身、自分の根っこがどこにあるのか、よくわからないから……。おふくろが東京生まれなんで、家では東京弁、学校では大阪弁。いまも、自分はほんとの大阪人なのかどうか、わからない」

『わたしもずっとアイデンティティーを探してたよ』

「え？　どうして？」

『父は韓国人とアメリカ人のハーフなんだ。基地で働いていたけど、米軍の車に轢《ひ》かれて死んだの。それから母がスナックで働きはじめた。アメリカの軍人と沖縄女性との子どもだって、すごくいじめられた。だから、わたし沖縄人でもないし、韓国人でもないし、アメリカ人でもない。友だちなんていなかった。本を読むことだけが楽しみだった』

「梨花さんも、居場所がなかったんだ……」

『東京に出てきてホッとしたよ。呪縛《じゅばく》から解放されたから。コピーライターの世界って実力だけだし』

涼太はうなずいた。

するると、なんだ涼太としゃべってるのか、という声が聞こえてきたかと思うと、画面のなか、梨花のうしろに真田がひょいとあらわれた。

『おう。元気か？』

うれしそうに涼太に手をふる。

涼太は、青崎の現状をかいつまんで話した。

『福原というオヤジはアホだな。じつに、小《ち》っこいやつだ。「おおやけ」という概念がまったくわかってねえ』

「こっちでは、神罰がくだったと言って、恐れおののく人が多いですよ」

『神罰なんてあるわけねえだろ。あのバカどものやることだ。どうせ不注意だったんだ。科学的エビデンスのない理由で納得したりするのは、おれは好きじゃねえ』

『涼太クン。よそ者って言われて、へこんじゃってるんです』

画面の向こうで、梨花が真田に言う。

真田はふんふんとうなずくと、人さし指を涼太に向かっていきなり突き出した。

『いい歳して甘ったれるんじゃねえ。へこむとかへこまないとか、青くさいガキみてえなこと、言うな。そんなものはテメエ次第だ。人間ってのはイメージで生きてんだ。お前は勝手に自分には根がないと思ってるだけだ。おれは大学から横道それて、いろんな町をふらついたけどな、どこに行ったって住めば都だ。根なんてすぐ生える』

『わたしも真田さんとまったく同じ考えだよ。涼太クンもわたしと同じミックス。いろんな根をもってる。青崎や大阪、東京なんかにしばられない。動きまわる根だよ』

梨花にそう言われて、涼太は、はたと気づいた。

「根って栄養を吸い上げるよね？　こころの井戸ってことだよね？」

『そう。たくさん根をもつと、いろんな人の気持ちをくみ上げられるよ』

梨花の横に真田が椅子を持ってくる様子が画面に映った。

『ハイブリッドはいいぜ。ボブ・マーリーだって、父親はイギリス人、母親はアフリカ系ジャマイカ人じゃねえか。あいつのモットーは、ワン・ラブだ。人種がぐちゃぐちゃ混じりあえば、世界はもっと平和になる』

「そういえば、青崎ってハイブリッドでしたよね？」

『排他的な狭っくるしいムラじゃなかったのよ』

『土地を追われた人間が自由と安寧を求めてやってきた。いわば避難所《アジール》だった。なのに、リゾート推進派のやつらは金勘定と権力者への忖度《そんたく》ばっかりしやがって』

真田が吐き捨てるように言った。

『偏狭な島国根性だよね。もともとシマには独自の文化や言葉があって、独立自尊のプライドがあるんだよ』

「小さな独立国ですね」

『そう。青崎はそういう村だったんだもん。同調圧力で息がつまりそうなシマに風穴をあけるのが、わたしたちのミッションよ』
「よそ者の出番ですね」
『そうだ。シマを吹きぬける風になればいい。それがおれたちの役割だ』

24

八月十五日の午後。

自治会の臨時総会から悄然《しょうぜん》として帰ってきた仲間と美波に、涼太はかける言葉を見つけられなかった。

こわれたソファーに座ったふたりに、冷たい炭酸水を何も言わずに差しだす。

ひとくち飲んだ美波は深いため息をつき、会議の成り行きを話しはじめた。

「会議場の挙手ではこっちが勝ったんだけどね……。福原さんが取りあつめた委任状をプラスすると、僅差《きんさ》で負けてしまったさ」

いまいましげな顔になった。

「やつらの画策通りになってしもた……」

仲間もがっくりと肩をおとしている。

「イズミからは誰か来たんですか？」

「リゾートの梶原社長と一色さん。沖縄イズミの國吉社長もオブザーバーで出席してたさ。梶原さんは青の浜から炭酸水が出なかったと正式に報告したよ。建設が承認されれば、浄水場から水を引かせてもらいたいと言ってきた。國吉さんは建設そのものに大反対とはっきり言ってくれたよ。一色さんは梶原さんの横で、ずーっと仏頂面さ」

やはり、そうか。一色はリゾート計画の見直しを社内で強く主張していたのだ。あいつの言葉はほんとうだった。

だが、会社としては受け入れがたいだろう。狙いはリゾート建設の「その先」にあるのだ。一色はそんなことは百も承知で、自分の意見を曲げなかったのだ。

あいつは遠からず左遷されるにちがいない。かれのような硬骨漢はいまのイズミでいちばん煙たがられるのだ。

「あ、それとね」美波がちからなく口を開いた。

「れいの連続事故のことも議題に上がったさ」

「神さまにちゃんと挨拶《あいさつ》せえへんかったから事故が起こったって意見がたくさん出たんや。九月の新月の日にあらためて神事を執りおこなうことになったよ」

仲間が白けた顔をして言った。

＊　＊　＊

ほどなくして台風が二つ続けてやってきた。

暴風雨は獰猛《どうもう》な獣のように猛《たけ》り狂ったが、明くる日は抜けるような青空が広がった。

おもてに出ると、バナナやサトウキビ、屋敷林のフクギの枝が何本も折れている。

心なしか風も涼しく、陽光もやさしい。南の島にもようやく秋の気配が忍び寄っていた。仲間も美波も日常の暮らしにもどり、黙々と炭酸水をつくり、電話やメールで得意先と連絡をとり、販路開拓を一歩一歩すすめていた。

そして、九月。新月の日——。

この日のために、涼太は、真田と梨花に東京から来てもらった。儀式には真田事務所の三人で列席しなければ意味がないと思ったからだ。

青の浜には、日の出前からカニメガ・オバアとツカサの後輩である友利《ともり》ナベ、新里《しんざと》カマドが茣蓙《ござ》に座って、祈りをささげていた。

三人は蛇がとぐろを巻いたような草の冠をつけ、白い神衣を着、蔓草《つるくさ》でできた濃いみどり色の帯をしめている。

オバアたちの目の前では線香がたかれ、神への捧げ物がそなえられていた。モンパノキの葉には生米、白い敷紙にはキビナゴと豆腐、小さい餅《もち》がのせられ、その横にはミヤコ炭酸水と宮古泉のボトルがそえられている。

海を薔薇《ばら》色《いろ》に染めて、大神島の沖合から陽が上《のぼ》りだしたころ、ツカサのうしろに福原をはじめとする自治会役員が横二列になって席をしめた。

三列目には、イズミ・リゾートの梶原社長、一色、沖縄イズミの國吉社長、その端に涼太と真田、梨花がならんだ。

いちばん大切な神への祈りをささげる直前、みんながしんと静まっているなか、首相夫人の加部明子が女性秘書官とイズミ食品の源田社長とともにあらわれた。

一瞬、居並ぶひとたちから、どよめきが起こる。

「まさかよー」「なんでかねー」「あれが夫人か」

ささやき声があちこちから漏れた。

明子夫人はわざとらしい笑みを浮かべ、小さく手をふりながら、へっぴり腰で歩いてきた。

前夜、一色から明子夫人がリゾート関係者へのあいさつのためにやって来るとは聞いていたが、その姿を目の当たりにして、あ然とした。

この神聖な場に水色のパーティードレスだ。

ひざ丈《たけ》のスカートに奇妙なちょうちん袖《そで》。足もとは銀色のハイヒール。

まるで友だちの結婚式の二次会に行くような格好で最前列のど真ん中に座った。

真田、梨花、仲間と美波は、ぶ然としている。

どよめきが静まるころ、カニメガ・オバアたち三人は浜をくだり、まず大神島に向かって伏し拝んだ。海の水で手をすすぎ、ふたたび御嶽《うたき》の前にもどろうと歩みだした。

カニメガ・オバアは通りかかりながら、涼太の方をちらっと見て、「まかちょーけー」と耳もとでささやき、何くわぬ顔で過ぎていった。

やがて本格的に儀式がはじまった。

ツカサたちの祈りは歌のようだった。

あるときは高く、またあるときは低く、連綿とつづいていく。

老女とは思えぬ張りのあるつややかな声は、風のささやきのように聞こえる。打ち寄せるさざ波は、三人のオバアの祈りにパーカッションの彩りをそえていた。

海からの風が、頬を過ぎていく。

言葉の意味はまったくわからないが、雲一つない空と瑠璃色《るりいろ》の海に溶けこんでいく心地よい声の響きに、思わずやわらかい眠りに誘われる。

陽光の照りつけるこの浜辺はいつしか「この世」と「あの世」のあわい、青の世界になっていた。

ふぃーすぃてぃ　ばこーちかー
てぃんぱうどぅ　まかりぃ
かいすぃてぃ　むどぅすぃてぃかー
てぃんぱうどぅ　まかりぃ

何度か同じような詞が繰りかえされた。

「てぃんぱうどぅ　まかりぃ」の節回しと詞がすっかり頭のなかに刻まれた。これだけ繰り返されるのだ。きっとたいせつな意味があるのではないか。

「『てぃんぱうどぅ　まかりぃ』って、どういうことなんですか？」

横に座る美波に小声で訊《き》いた。

「てぃんぱう、というのは天の蛇さ」

「天の蛇？」

「虹《にじ》のことさ」

「『てぃんぱうどぅ　まかりぃ』って、虹が何かするってこと？」

「『虹に巻かれる』という意味さ」

「なんだか……怖そうですね」

「天の蛇だから、大きいさ。水を飲んだら、消えると言われているよ」

カニメガ・オバアはミヤコ炭酸水のボトルをあけて、その水を白い砂浜にさーっと振りまいた。蛇がしゅるしゅると穴に入っていくような音をさせて、炭酸水は白砂に吸いこまれていく。

カニメガ・オバアの端正な挙措《きょそ》を見ながら、二人のツカサは「てぃんぱうどぅ　まかりぃ」のフレーズをリフレインした。

同じ言葉がぐるぐると円環をなし、青崎の空気をかき混ぜていくようだ。

涼太の脳裏に、かつて一色と一緒に見たバリ島のバロン・ダンスがよみがえってきた。

それは聖獣バロンと魔女ランダとの終わりのない戦いをテーマにしたダンスだった。バックにはガムラン音楽が切れ目なく旋回するようにつづいていた。

——繰り返しはトランスを生むのだろうか？

オバアたちの朗唱を聴きながら、次第にたましいが覚醒《かくせい》と陶酔の間を、あの世とこの世のあわいを、ゆらゆらと漂いだしていくようだった。

「遣《や》ったものなのに、それを奪うと、虹に巻かれる。返したものを、取り戻そうとすると、虹に巻かれる」

美波がそっとつぶやくように、ツカサたちのうたの意味を教えてくれる。

だが、いまひとつ、よくわからない。

「遣った」とは、だれかに何かを贈ったということなのか？

「それを奪う」とは、一度だれかに贈り物をしたのに、そのギフトを取り返すということなのか？

「返したものを取り戻す」というのは、いったん手放したものを取り返そうとすることだろうか？

モノやカネに執着すると、虹＝天の蛇にぐるぐる巻きにされ、絞め殺されるとうたっているのか？

どんなときに神さまが怒るのか。そのことをこの歌は伝えているんじゃないのか？

額がじっとりと汗ばんでいる。

太陽はかなり高くなっていた。

蒸し暑い。その炎熱を駆りたてるように、蟬も鳴きはじめた。

鬱蒼《うっそう》と茂った亜熱帯の森からは、濃厚な植物のにおいが溢《あふ》れ出してきている。樹木のたましいが、みどりの霊気となって湧きだしてきたようだ。

カニメガ・オバアの祈りは終わった。

オバアは草の冠をかぶったまま、合わせていた手のひらを天に向ける。

「太陽の神さま、木の神さま、水の神さま、火の神さま、風の神さま……ほんとうに申しわけございません。わたしたち人間の不遜《ふそん》な行動を、どうぞお許しください」

参列者みんなにわかる言葉であいさつすると、茣蓙から立ち上がって、三人のツカサは御嶽の森の中に静かに消えていった。

＊　　＊　　＊

神の山からは、堰《せき》を切ったように蟬の声が降りそそいできた。

強烈な日射しが容赦なく照りつけ、遠くで雷が鳴っている。

砂が光をはね返し、目を開けているのがむずかしい。

福原が軽くせき払《ばら》いをし、少しよろめくようにして立ち上がった。

御嶽に向かってうやうやしく伏し拝み、荘重に言挙《ことあ》げした。

「それでは、ウォーター・スピリチュアリストの加部首相夫人の明子様から、お祈りをささげていただければと存じます」

明子夫人は女性秘書官をしたがえて、静々と歩を進めた。砂に足をとられて転びそうになると、女性秘書官がさっと手をのばし、明子夫人のからだを支える。そのたびに大きな水晶のネックレスとブレスレットが、ジャラジャラと鳴った。

さきほどまでカニメガ・オバアたちがいた香炉の前に立つ。

「古《いにしえ》からわたしたちのからだの源であるお水さん。いつもほんとうにありがとうございます。わたしはあなたがたを受け入れます。そうして、これを神の水と宣言いたします」

声の通りだけはいい。最後列に座っていてもはっきり聞きとれた。

しかし……いったい何を言いたいのだ？

スピリチュアル系にありがちな、わかったようなわからないような、もってまわった意味不明の言い方だった。

明子夫人の「祈り」はつづく。

「……この水を取り入れるとき、わたしのからだは輝きます。わたしは命の水を受け入れます。わたしはわたしであるものすべてのマスターです」

涼太は美波とおもわず顔を見あわせた。

美波は眉根《まゆね》を寄せ、やってられないという表情をする。

――この青崎で、神さまについて語るなんて……。

恥知らずな上から目線と知性の決定的欠如に、むしょうに腹が立ってきた。

と、ひんやりとした風が頬をよぎったかと思うと、強烈な陽光をはね返していた森の輝きがいきなり失《う》せた。

空を見上げた。

雲の動きが速い。

急にさむけがした。

そんなことはまったく気にもとめず、自らの世界に没入した明子夫人は、水晶のブレスレットを鳴らして両手を合わせている。

「お水さんの波動は人の波動とチューニングされておられます。怒っている人のもったグラスの水は荒々しくなります。お水さんが湧きだされなかったのは、青崎のみなさんの怒りや恐れの感情が勝ったからではないかと推察いたします。お水さんは出てきたくなかったのでしょ？　ですが、みなさんはお水さんに感謝して『美と健康のリゾート』をつくろうとしていらっしゃいます。青崎のお水さんを世界に広めたいと思っていらっしゃるんでございます」

「ハハハ。あいつ、完全にイッちゃってるぜ」

真田が大声で笑いながら、頭の横で指先をくるくる回した。

しかし、そう言う真田の目も焦点が合っていない。

参列者の何人かが振りかえった。

「ちょっと様子、ヘンじゃない？」梨花がささやく。

「まさか、トランス……」

明子夫人の「祈り」はまだ続いている。

「……そのためにも、この山にトンネルを掘って、たくさんの方々にいらしてもらわねばなりません。いま、わたしたちは愛の波動をお送りし……」

真田がやおら立ち上がった。

「こらっ、おばはん！」明子夫人に向かって叫ぶ。

「え？」

さすがの夫人も言葉を飲みこみ、振り向いた。

居並ぶひとたちのざわめきが大きくなる。

空がにわかにかき曇り、風が強まった。

「バカも休み休み言え」

「な、なんですか、あのひと……」

明子夫人が怒りで声をふるわせた。

パーティードレスのちょうちん袖《そで》が風をはらんでふくれあがった。まっすぐ立っていられず、女性秘書官がからだを支える。

源田社長が目をつり上げて、脱兎《だっと》のごとく真田のほうに向かってきた。

「しゃらくせえ！」いきりたった真田も走り出す。

「ご夫人に対していう言葉か？」

源田社長がわめいた。
「テメエらこそ、言葉をないがしろにしやがって！」
言うが早いか、いきなりストレートを源田の顔に叩《たた》きこんだ。
源田はもんどり打って倒れこむ。
真田が馬乗りになり、襟首を締めあげた。
女性秘書官は怯《おび》えきって、まったく手出しができない。
――やばい。
涼太は真田の背中に食らいつき、羽交《はが》い締めにし、なんとか源田から引きはがした。
真田は荒い息を吐いている。目がうつろだ。
源田は倒れたまま身をくねらせ、頬をおさえて涙を浮かべている。
大粒の雨が勢いよく降りだした。
空はすっかり暗くなり、稲妻の巨大な光の樹が走った。
からだ全体を揺るがすような雷がとどろく。
「ふ、風力発電所……」
福原がうろたえながらその場にうずくまった。
風力発電のタワーに落ちたのかもしれない。
祈りの場はさらに大混乱におちいった。
野地あゆみは太いからだを揺らし、甲高い声でヒステリックに何か叫んでいる。

広田教授は万歳の格好で、御嶽《うたき》の森に向かって走りだした。
病みあがりの北村は、車椅子に座ったまま、石のようになって動けない。
源田社長は浜に転がったまま、からだを丸めて雨に打たれている。
真田もずぶ濡《ぬ》れになりながら、小刻みにふるえている。
涼太の心臓は早鐘を打った。
周りを見わたしても、逃げられる場所など、どこにもない。
間をおかず、空を切り裂くような雷の音が鳴りわたった。
雨脚はますます強くなった。神の山は霧に包まれたように白く煙っている。
雷のとどろく間隔が短くなった。
稲妻が走った――。
青白い閃光《せんこう》が、闇のような景色を一瞬明るく照らし出す。
バリバリバリッと耳をつんざく音がした。大地が地震のようにぐらっと揺れた。
涼太はおもわず声にならない声を発した。
「落ちたっ!!」
誰かが叫んだ。
女性の金切り声が響いた。
その声が、心臓を鷲《わし》づかみにされたように、恐怖をつのらせた。
涼太もかたく目を閉じ、耳を塞《ふさ》ぎ、からだを縮めた。歯の根が合わない。

何かが焼けこげる匂いもしてきた。

……こわごわ、目を開ける。

と、御嶽の前に立っていたモクマオウの木が真っ二つに切り裂かれ、豪雨のなか、灰色の煙が立ちのぼっていた。

香炉の前では、明子夫人が倒れている。

女性秘書官がおろおろしながらも、気を失いぐったりした夫人を介抱している。

野地あゆみは大の字になって昏倒《こんとう》し、福原は椅子の下に這《は》いつくばっている。

真田が目をしばたたきながら、辺りをきょろきょろ見回した。

「あれ……？　おれ、何やってんだ？」

不思議そうな目をして、つぶやいた。

25

いつしか雨は小やみになり、神の山を白く煙らせていた霧もはれだした。

雷雲は行きすぎたようだ。

フクギやテリハボクのみどりも、ふたたびいきいきと輝きはじめている。

参列者はびしょ濡れのまま、しばらく放心状態で座りこんでいた。ややあって、のそのそと立ち上がるひとも出てきた。興奮気味に雷の恐怖を語り合うひともいる。

カニメガ・オバアが明子夫人を女性秘書官とともに腰をかがめて介抱しているのが目に入った。いつのまに御嶽の森から帰ってきたんだろう。

オバアは供えられた泡盛と塩を、明子夫人のこめかみに黙々と擦《こす》りつけている。モンパノキの葉っぱで頭や胸を何度か叩くようにしながら、「タマスー、タマスー、ムドゥリクーヨー」と三回大きな声でとなえた。

「タマスーを込めているんだよ」

梨花が涼太にそっと教えてくれる。

「タマスー？」

「たましいのこと。ひとはびっくりするとタマスーを落とす。ヤマトでも魂消《たまげ》るって言うでしょ？　落ちたたましいを拾い上げて、元のからだにもどしてあげているんだよ」

新里カマドと友利ナベも、それぞれ福原と野地あゆみに呪文《じゅもん》をとなえ、たましいを呼びもどしてあげている。

源田社長はパイプ椅子に這い上がり、ぐったりしていた。一色が、黒糖のかけらを口にふくませ、正気を取りもどさせようとしている。梶原は青い顔をして砂の上に呆然《ぼうぜん》とへたり込んでいた。

「明子夫人と福原たちはこころの地下水脈が通じ合っているからね」

梨花が涼太の気持ちを読んだように言った。

「こころの奥をひたしている水が同じなんだよ」

「言葉のずっと底のほうで通じ合ってるってこと？」

涼太が訊《き》くと、梨花がうなずいた。

「無意識ってこころの大きな部分をしめてるでしょ？　言葉や意識は氷山の一角。きっと知らぬ間につながっちゃうんだよ。雷におどろいた明子夫人のこころの地下水が、福原や野地、源田社長や梶原から噴き出してきたんだよ」

＊　　＊　　＊

積乱雲は大神島をこえて、海の上に移動していた。

風はすっかりやんでいる。

陽光がふたたび射しはじめると、神の山からじっとりと湿度の高い空気が流れこみ、青の浜には蒸し暑さがもどっていた。また、汗が噴き出してくる。

心神喪失状態から回復した明子夫人は力なく腰をおろし、横では彼女を抱きかかえるようにしてカニメガ・オバアが何かを語りかけている。

言葉のひとつひとつに明子夫人はうなずき、ときおり、しゃくりあげた。

カニメガ・オバアはミヤコ炭酸水を明子夫人にすすめる。目に青あざをつくった源田社長が顔をしかめながらも、心配そうに夫人のもとに駆けよっていった。

「明子ちゃん、大丈夫？」

なれなれしい言葉づかいで夫人に訊く。

夫人は芝居がかった微笑みを浮かべ、「うん」こっくりとうなずいた。

「あんたも飲むかい？」

カニメガ・オバアが新しい炭酸水を源田にすすめる。

「いや、これはかたじけない」

源田社長はうれしそうに言うと、のどを鳴らしてボトルを傾けた。

オバアはその様子を半眼になってながめていたが、「もうそのくらいでいいだろう」とボトルを引ったくった。

「な、何すんだ、このババ……」

「ん？　わたしはババアじゃない。オバアさ」

あごを上げて、長身の源田をにらみつけた。

「あんたが横取りしようとした炭酸水だよ。そこまでは飲ませてやる。だが、これ以上はダメさ」

「何エラソーに言ってんだ。わたしの商品だ。わたしが飲むのは当然だろう」

「これは青崎が生んだ炭酸水さ。土地の神さまから賜《たまわ》ったものだよ。あんたは、それを横取りしたさ」

「横取り？　聞き捨てならんな」

「さっきの祈り歌の意味、あんた、わかるかね？　『遣《や》ったものなのに、それを奪うと、虹《にじ》に巻かれる』。そう歌っているさ」

源田社長はけげんな顔をした。

「虹は大きな蛇さ。天からの贈りものを、他人が横から奪うと、蛇が怒る。盗んだ人は蛇に巻かれるさ。贈りものは見返りを求めない愛だよ。あんたは贈りものを横取りしようとしているわけさ」

「なに言ってるんだ。資源を見つけて儲《もう》ける。それが商売ってもんだ」

「しかも、あんたの目的は炭酸水を売ることだけじゃないよ。炭酸水をだしにしてリゾートをつくり、明子夫人の歓心を買って加部首相に取り入っている。首相の口利きで工場用地を格安で手に入れようとしている。青崎はそのための道具さ。もっと大きな銭儲けをしようとしているさ」

オバアの言葉に明子夫人は目をみひらいた。

お友だちの源田が自分を喜ばせるために青崎リゾートを作ってくれるものと思いこんでいたような顔をした。

――大根役者め。

純粋さを装ってはいるが、その底は割れている。

両隣にいる美波と梨花も、肩で大きくため息をついた。

「あんた」

カニメガ・オバアが源田に鋭い視線を向ける。

「なにか勘違いしてるね。商売は儲かればいいってもんじゃないよ」

「そんなことはわかっている。わたしはつねにウイン・ウインの関係を築くようにしている。そうじゃないと長い商売はできん」

「目に見える数字しか興味がないんだね」

オバアは憐《あわ》れんだ目になった。

「ビジネスは数字だ。損か得か。ふたつに一つだ」

「お互いに幸せを贈りあう。それが商売じゃないのかね？　人と人は『思い』で結びつく。人と神さまも同じさ。そして『思い』は歌になっていく。だから、わたしらは歌いかけるんだよ」

にがにがしい顔をして、源田は黙った。

「贈りものはたいせつなもの。見返りを求めるのじゃなくして、純粋に思いを込めるさ。だから互いの敵対心や警戒心がなくなり、平和な暮らしがつづけられる。そういうふうに人は生きてきたはずさ。神さまに感謝の思いを込めて贈りものをし、お返しにたくさん施《ほどこ》しをいただいた。樹や土や石や光、水や空気――そういう自然が神さまさ」

カニメガ・オバアは嚙《か》んで含めるように言った。

オバアと源田社長の周りに、次第にひとが集まってきた。明子夫人は話の意味があまりわからない様子で、あいまいな笑みを浮かべている。

タマスーを込めてもらった野地あゆみはでっぷりした背中をさらに丸め、

「青崎の神さまは……何かおっしゃっていましたか？」

おずおずとオバアに訊いた。

「トンネルは絶対に許さん。神の山は大昔からさまざまな神事がおこなわれてきた聖なる場所じゃ。木の葉一枚、落とすこともならん。誰も侵してはいかん。少しでも手を触れると必ずや大きな事故が起こる。そう、おっしゃった」

野地は目を泳がせたまま口ごもってしまう。

「神さまは、怒ると、とっても怖いからよー」

美波が言葉をはさんだ。「いちどテレビ局のディレクターが勝手に神の山に入ったけど、その後、高熱にうなされて一週間生死をさまよったさ」

共同売店の宮國清がうなずいた。

「おれたちの根どころを忘れちゃいかんてことさね。仲間さんの炭酸水は、根の水だよ。おれたちは炭酸水を神の賜物《たまもの》としてたいせつに育てなくちゃならんさ。あの水を利用して、人を呼びこんで、たやすく商売しようと思ったのは間違いさ」

「神さまはモクマオウに雷を落とし、わたしたちには落とさんかった。『いいかげん、気づきなさい』って言ってくれたさね」

美波がつづけた。

そのかげで、福原が背をかがめ、浜からこそこそ逃れようとしているのが見えた。

「待てっ、卑怯者《ひきょう》！」

涼太がおもわず大声で呼びとめた。

福原はハッと息をのんだ。

「よそ者だからこそ、はっきり言わせてもらおう。あんたは口先ではシマのことを考えていると言いながら、問題がおこると、いつもそうやって逃げてきたんだろ。違うか」

いままでの鬱憤《うっぷん》をはらすように、涼太はすごんだ。

「社長、何しょおるんならあ！」

車椅子に座った北村も首をふり向けた。

「あんた、それほどヘタレたぁ思わんかったよ」

福原はびくっと肩をふるわせ、そのまま動けなくなる。

「のう、リゾート計画は潔うあきらめようや。どうせ、あんたは首相に取り入りたいだけじゃ。この土地に愛着も何もありゃせんのじゃけぇ。わしゃあ宮古婿《むこ》として、少なくともあんたよりここを愛しているつもりじゃ。ええわ、あんたの下請けも、もうやめじゃ。神さまに逆ろうてまでトンネル掘るこたぁない」

「お、おい、ちょっと待ってくれ……」

福原はうろたえた。

長年現場を取り仕切ってきた北村が、まさかここで反旗をひるがえすとは思ってもいなかったようだ。

「入院しているあいだに考えたんよ。こがいな人間が言うのも、ぶち恥ずかしいんじゃがの。なんで、わしゃあ、この青崎で生きとるんやろか、とな」

土木建設の仕事で島の自然とかかわってきた北村だ。いったい何を語るのだろう。涼太は耳を澄ました。

「わしは瀬戸内《せとうち》の浜辺で育った。白砂青松《はくしゃせいしょう》、遠浅のきれいな海じゃったが、経済成長の時代に、浜は埋め立てられてしもうた。工場がえっと出来、海も赤潮が出るようになった。それがぶち悲しかった。じゃが、初めて宮古に来たとき、子どものころの海を思い出した。人もストレートで優しゅうて、タイムスリップしたようじゃった。そして女房と出会《でお》うた。『ここに住むんがわしの運命』と思うたわいのう。で、島の暮らしが楽になるよう、土建業を頑張ってきた。仕事をくれる福原さんのために押しのってやってきたんじゃ。井戸の試し掘りも、わしなりに島を思うてのことじゃった。じゃが、あのことがあってから、わしは島のたいせつな何かを壊そうとしてたとだんだん思うようになった……」

そのとき、北村の車椅子の下でシャラシャラという音がした。

涼太は、ふっとそちらに目をおとした。

開いた口から心臓が飛び出しそうになった。

サンゴの白砂の上を黄金色をした一匹の蛇が、うねうねと這《は》い進んでいる。

長さは優に二メートルはある。胴も太い。光沢のある細かな鱗《うろこ》が、強い日射しに虹色《にじいろ》にきらめいている。

はげしい恐怖に気をのまれた涼太は、蛇のほうを指さしたまま立ちすくんだ。ひざが笑って、言葉が出ない。

北村も慄然《りつぜん》として顔をゆがめ、車椅子のストッパーを必死ではずそうとした。

「怖がらなくていいさ。この蛇は神さまだよ」

カニメガ・オバアが微笑みながら、言う。

「シマのひとを心配して、森から出てきてくれたさね」

美波が炭酸水を砂にまくと、蛇は赤い舌をちろちろ出し、水を飲むような仕草をした。

「福原さん。あんた、このシマの人は、みんな蛇の子どもだって知っているよね？」

と美波がつづけた。

福原はおびえた顔をして何度もうなずく。

「う、うちのオジイから島建ての、も、物語として、き、き、聞いたさ」

口の端に泡をつくってどもりながらこたえた。

蛇はシュルシュルッと不気味な音をさせ、スピードを上げて福原のほうに向かった。

「た、た、助けてくれ……」

手で追い払うような仕草をし、ふたたび逃げだそうとする。

「最初に青崎にいらした太陽の女神さまと結婚したのが、大蛇の男の神さまだったさ。そうして生まれたのが青崎の最初の女性首長。いわば最初の自治会長さ。その末裔《まつえい》が、わたしたちだよ」

美波が歌うように言った。

「いいときに、蛇の神さまが出てきてくださったね」

カニメガ・オバアがやさしい声で語りかける。

「福原さんよ。脅すわけじゃないけども、まだトンネル工事を進めてリゾートを建てるつもりかね？」

蛇が赤い舌を出しながら、福原に向かって矢のような速さでのたくっていく。

「わ、わかった。わかりました。ですから、ですから、どうか、どうか……おゆるしください」

福原は涙ぐみながら砂浜に手をつき、蛇に向かって何度も平伏した。

26

参列者たちは三々五々、青の浜から帰っていった。

最後に残ったのは、カニメガ・オバアと仲間夫婦、そして涼太たち三人だった。

オバアは気が抜けたようになって立ちつくす五人を、やさしく手招きした。

「あんたたちには、教えておいてあげようねえ」

オバアはほかに誰も聞いていないのに、じつは、とちょっと声をひそめた。

「土建業の北村さんの謎の高熱、イズミの小久保さんの事故も、神罰とはまるで無関係さ。もちろん海老名さんの食中毒も関係ないよ」

「えっ？」

一同、目をむいた。

青崎のなかでいちばん神事に詳しいカニメガ・オバアの発言なのだ。

「ほとんどのひとは神さまが怒られたんじゃないかって……」

涼太が訊《き》いた。

「嘘とは言わん。あれは方便さ」

オバアは淡々とこたえた。

「北村さんは劇症の肝炎だったさ。試掘工事の前に、フィリピンに出張していて、かかったらしい。院長先生が池間さんの親友でね。池間さんと相談して、病気のことは伏せていたんだ」

「そういうことだったのか」真田が言った。

「で、小久保の事故はあいつの不注意じゃないんですか？」

「あれは大福建設がダンプカーを買い叩《たた》いたせいさ。ろくでもない中古車を買って、ブレーキがいかれていたそうさ。ディーラーのお兄《ニーニー》さんが、記事にしないという約束で池間さんに教えてくれたって。海老名さんの中毒は、店が古いエビを出しただけのことさ。食材をけちっていたんだよ」

「オバアはそれもこれも知っていて、今日の神事をやったわけ？」

美波が驚きながら訊いた。

「すべての事故には理由があるさ。けど、ここでは理詰めより神の怒りのほうがわかりやすいよ。リゾート建設はいかんというのが、すとんと胸に落ちるさ。シマンチュはこころの底では神を畏《おそ》れているからね」

カニメガ・オバアはなかなかの戦略家だった。

「でもね……そんな事故や災難が続いて起こること。それ自体が、じつは神さまが差配《さはい》しているのかもしれんよ」

オバアが口をつぐむと、また、蛇が砂の上を這うような音が聞こえてきた。

＊　＊　＊

神の山の崖下《がけした》、浜一面にクサトベラが生い茂っている。

あかるいみどりの葉むらは、両手を上げてカチャーシーを踊るひとのようだ。

「青崎のいちばん古い井戸にあいさつして、帰るか」

そう言って真田は、涼太と梨花をしたがえ、近くにある磯井《イスガー》の前で静かに手を合わせた。憑《つ》きものが落ちたように、さっぱりとした顔をしている。

もと来た道をもどるのかと思っていると、真田はクサトベラの葉むらをかきわけ、アダンの林を抜け、神の山のきつい傾斜をずんずん上っていく。

この崖を上って、集落に向かおうとしているのだろうか。

涼太と梨花は一瞬顔を見あわせ、その後を追った。

少し上っただけで、汗が滝のように噴き出してくる。

しばらく崖をのぼると、梨花が肩で息をしながら立ち止まった。

視線の先には、ユウナの黄色い花が揺れている。

「やさしい色だね」

海からの風が心地いい。

大神島との間の海がリーフを境に、エメラルドグリーンとダークブルーにくっきりと分かれている。

「こんなに汗がかけて、うれしい」

額の汗をぬぐいながら、梨花があどけない少女のようににっこりした。

その笑顔を見ると、なんだか心が軽くなった。

梨花は自宅で温泉治療をしながら、やっと体調を取り戻した。アトピーは良くなったり悪くなったりを繰り返している。いい加減にしてほしい、といままで何度となく思ったことだろう。忍耐を重ね、なんとか恢復《かいふく》して、宮古島にやって来られたのだ。

「調子がわるいと汗も出てこないんだよ。うつになると、涙が出ないのと同じだね」

あっけらかんと梨花は笑った。

――他人事《ひとごと》のように言わなければ、逆につらさが募るのだろう……。

胸がつまった。

何気ないふうをよそおい、涼太は相づちをうった。

「温泉に入ると、新しい皮膚になってくの」

「蛇が脱皮していくみたいだね」

「うん」小さくうなずいた。「わたし、何度も生まれ変わってる」

「……美波さんの『スディル』の話、思いだすね」

神さまは、人間に永遠の命を与えようと、ひとりの若者に二つの水桶《みずおけ》をになわせて、島につかわしたという話だった。

一つの桶《おけ》には永遠の命をつなぐ『スディ水（再生の水）』。

もう一つの桶には、死ぬと再生できない『スニ水（死の水）』。

ところが、若者は間違って、蛇にスディ水、人間にスニ水を浴びせてしまう。

そうして、蛇は脱皮を繰りかえすようになり、人間は死ぬ定めになった——。

「きっと温泉は、わたしのスディ水だったんだよ」

梨花がおだやかに微笑んだ。

＊　＊　＊

急な斜面を息を切らして上りきり、やっと遠見台にたどり着いた。

大神島のコニーデ型の島影が海の向こうに見わたせる。

島の上空には雲がかかり、雨を降らせているようだ。通り雨《スコール》だろうか。

数キロしか離れていないのに、こちらは青空が広がっている。

——島の天候はそれぞれ違う……。

ひとの感じ方も同じじゃない。

言葉だってそうだ。ひとくくりに宮古の言葉といっても、それぞれのシマで単語や言い回しがちょっとずつ異なっている。

風が、すがすがしい。

あかるい海のいろは冷たい炭酸水のようだ。

真田が横に立った。遠見台の石垣に手をつき、大きく息を吸う。

涼太も同じように深呼吸した。

「さっきは驚きました」

「……おれ、全然おぼえてねえんだ」

「でも、おかげで、みんな、言葉はいい加減に使ったらダメだって気づいたんじゃないですか？」

「そうか……言葉は目に見えないからな」

しばらく風に吹かれ、真田があらためて口をひらいた。

「おれも、ある意味、よみがえった」

珍しくまっすぐな声だ。

おもわず涼太は真田の顔を見つめた。

「炭酸水が湧きだしてくれたおかげで、もう縁がないと思ってたやつとも、また巡りあえた。ちくしょうめ」

わざとまぶしそうな顔をして、水平線をながめている。

同じ思いが、涼太にもあった。

一色との友情は、地下水のように脈々と生きていた。

かれはスマートなエリートだとばかり思っていたが、愚直に問題に取り組んだ。自らの生き方と会社の方針との矛盾に悩みながら、知恵と胆力で問題解決にあたった。

限界状況で、ひとの本質はあぶり出される。

友情だって同じだろう。

友だちになるのは簡単だが、それを継続するのはむずかしい。錬磨しなければ、すぐ錆《さ》びつくのだ。

「言葉にしないでもわかる」なんて言うのは、甘えにすぎない。そんなファンタジーは互いに匕首《あいくち》をもって対峙《たいじ》せざるを得なくなったとき、吹き飛んでしまう。

こころはつねに水のように揺れ動いている。

愛は言葉だ。

友情は言葉だ。

気まぐれなこころを繋《つな》ぎとめるために、自分にも相手にも言葉はたいせつなんだ。

おれはオジイ・オバアとゆんたくすることで、シマでの居場所を見つけることができた。宮古タイムスに広告を出したことも、世論をリゾート反対にかたむける一助になった。広告も政治もすべて言葉あってのものだ。

青崎へのリゾート建設の話はまた持ち上がるかもしれない。

ミヤコ炭酸水が湧きだし続けるかどうか、それはわからない。ただ仲間と美波はふたりが生きのびるために、淡々と日々の仕事をつづけていくだろう。

梨花は梨花で、温泉で自らを再生した。

真田と仲間は炭酸水のおかげで、友情を復活させた。

それぞれが水によって生きかえり、新たな力をやどした。まるで雷雨の去ったあとに、みずみずしい青空が広がるように――。

おれは、また、ライター暮らしにもどる。

一色は、たぶん、イズミ食品にとどまることはないだろう。

あいつのことだ。水が流れるように自然体で生きていくにちがいない。國吉社長がイズミから独立して、新しい食品会社をつくるという噂もある。一色は國吉のもとに行くのかもしれない。

とにかくおれたちにできるのは、船から放りだされて大海を漂ったとしても、いざというときのためにエネルギーを保存しておくことだ。

やがて太陽も顔をだす。助け船だってやってくる。

アホと思われてもいい。希望をもって生きることだ。

たいせつなのは信じることだ。

自分を、そして、友だちを。

仲間夫婦やカニメガ・オバアから、何よりも、そのことを教わった。

三人は、遠見台から大神島にかかる雨雲とスコールを黙ってながめていた。

それぞれの背に、傾いた陽の光があたっている。

ときおり微細な雨粒がぽつりと頬にかかった。

「天気雨《ティーダアミ》だね」

そう言って、梨花が白い歯を見せる。

雨脚が風になびく大神島の浜から、眼下の青の浜まですするすると虹《にじ》がのびてくる。

やがて、空に大きな虹の橋が立った。

しんとした神の山に、みどりの樹々を揺らす風の音がひびいている。

「天の蛇が炭酸水を飲みにやってきたんじゃねえのか？」

真田は目を輝かせた。

背中には太陽のぬくもりがある。

「雨がなければ、虹も炭酸水も、生まれませんもんね」

涼太がつぶやくように言った。

その声が聞こえたのか、虹はちょっと恥ずかしそうにゆらめくと、空の彼方《かなた》に音もなく消えていった。

本書は書き下ろしです。

この作品はフィクションです。実在の人物・団体等とは一切関係ありません。

プロデュース　吉村有美子

炭酸《たんさん》ボーイ

吉村喜彦《よしむらのぶひこ》

令和3年 4月25日　初版発行
令和6年 6月10日　再版発行

発行者●山下直久

発行●株式会社KADOKAWA
〒102-8177　東京都千代田区富士見2-13-3
電話　0570-002-301（ナビダイヤル）

角川文庫 22627

印刷所●株式会社KADOKAWA
製本所●株式会社KADOKAWA

表紙画●和田三造

ISBN 978-4-04-107964-5　C0193

◆◇◇